매일의 기록

송재은 씀

오늘보다 더 사랑할 수 없는

자신을 더 잘 아는 사람이 되기까지

오늘보다 더 사랑할 수 없는

좋아하는 일이
게으름을 이기는 삶에 대하여 ——————

　　한때 시간 아까운 줄 모르고 매달릴 정도로 좋아했던 일들을 생각합니다. 퇴근이 주는 회사와 일상의 완벽한 단절 속에서 일과를 마치고 지쳐 쓰러질 때까지 힘을 내서 좋아했던 것들. 밤 늦게 집에 돌아와 어두운 불 아래 글을 쓰고, 가장 사적인 이야기를 담은 작은 책을 만드는 일. 새로운 사람들을 만나고 어디든 발품을 아끼지 않던, 처음인 것들을 즐기던 때를 떠올립니다.

　　강박처럼 쉬는 날 없이 글을 쓰던 날들이 있습니다. 종일 아무것도 쓰지 못한 날이라도 자기 전에는 불 꺼진 방, 침대에 누워 한 문단이라도 꺼내 쓰려는 억지를 부리기도 했습니다. 일 년 가까이 써낸 것 중에는 다른 사람에게 보여주고 싶을 정도로 마음에 드는 이야기도 있고, 의미 없는 일상의 나열일 뿐인 문장도 있습니다.

저를 더 좋아하고 싶습니다. 더 넓은 세계를 이야기할 힘이 제 안에 있기를 바랍니다. 시간이 없던 시절엔 하나하나가 소중하고 즐거웠던 것 같은데, 언제든 할 수 있다는 생각은 그 언젠가로 모든 사랑을 미뤄두는 것만 같습니다. 너무 쉬워서는 사람이라고 말할 수 없을지도 모르지만, 좋아하는 일을 미뤄두는 사람이고 싶지는 않습니다.

겨울에서 다시 겨울로

　　이 책은 매일 글쓰는 모임 Raw data of me를 운영하며 일 년 가까이 기록한 글을 모아 만들었습니다. 다듬어지지 않은 글일지라도 매일의 해상도를 높여주기를 바라는 마음으로 써나갔습니다. 느슨한 유대의 작업실이라는 이름을 걸고 열두 번의 온라인 모임을 통해 함께 쓰고 교류한 덕분에 지치지 않고 쓸 수 있었습니다. 짧게는 한 달, 길게는 모임의 시작부터 한 번도 쉬지 않고 내내 참여하신 분까지, 이 페이지를 빌어 감사의 말씀을 전합니다.

　　글을 분류하고 다듬는 동안 시간의 흐름에 따른 감정의 변화, 예를 들면 한동안 한 곳에 고여서 옴짝달

싹 못하던 날과 그늘졌던 시기가 무색하게 무척이나 건강한 생각을 하던 날을 선명하게 구분할 수 있었습니다.

삶은 흐르고, 파도는 매번 다른 모습이지만 밀려 들어왔다가 다시 빠져나간다는 사실은 여전합니다. 사람이 오고, 사람이 떠나고, 사랑이 되고, 사랑이 되지 않고, 상처를 주고, 상처를 받고, 용서하고 위로 받는 날들 입니다. 그 속에서 많이 웃기를 바랍니다. 덧없는 웃음이야말로 삶이 주는 가장 큰 선물일 테니까요.

다시 봄을 기다리며,
재은 드림

차례

사람은 누구나 금이 가 있고

이해할 수 없는 것을 내버려두는

시작을 반복하며 사는 것

오늘보다 더 사랑할 수 없는

사람은 누구나 금이 가 있고

사람은 누구나 금이 가 있고 ——————

너는 말했다. 나에게 생긴 상처와 금 간 자리는 보기 싫은 흉터가 아니라 빛이 들어오는 통로라고. 그 이미지를 상상한다. 내 머리 위로 전에 들지 않던 빛이 새로 쏟아지는 장면을. 차가운 가장자리를 따라 온기가 감돈다. 그 흉터 난 자리로만 드는 빛도 있다. 경계를 타고 휘어져 들어오는 대신 기대하지 않았던 선물처럼, 이제야 보게 된 반가운 얼굴처럼 상처를 이해하는 순간에야 알 수 있는 기쁨이 있다.

목청껏 부르는 노래 ────────────

공일오비의 <텅 빈 거리에서>(1990)를 듣는 밤. 따라 부르다가 가사가 기억나지 않는 부분에서 머뭇거리는 입가가 쑥스럽다. 나보다 먼저 세상에 내려앉은 감정을 30년이 지나 이어 부르는 밤에 떠오르는 얼굴을 물끄러미 바라본다. 기교도 기계음도 없는 담백한 목소리가 시간을 넘어 어느 밤 어느 곳의 나에게 가볍게 거리를 좁혀 다가선다. 복잡한 구석 없는 가사가 세월의 먼지를 털고 마음에 들어오는 데는 일 분이 채 걸리지 않는다. 감정이란 시간을 따라 익숙해지고 희미해지는 게 아니라 내내 그 자리에 남겨지는 것인지, 나에게도 오늘의 이야기처럼 선명하게 울려온다.

나와 같은 오늘에서 만들어지는 2020년대의 노래보다 태어날 무렵의 노래가 더 가깝게 느껴지는 이유가 있다면, 그들이 목청껏 노래하기 때문일 것이다. 대단한 창법도, 목소리를 다듬어줄 기술도 없었던 시절로부터 날 것 그대로 들려오는 목소리를 안고 나를 포개는 일은 어렵지 않다. 가까운 곳에서 들려오는 목소리에 내 목소리를 얹어 목청껏 따라 부른다. 담백하게, 온전한 감정을 꺼내어.

삶의 실루엣 ───────────

삐뚤빼뚤한 치열, 척추측만증, 어릴 때 접질린 오른팔. 꾸준히 거슬리는 것들은 언제나 나를 예민한 사람으로 만들었다. 혀로 자주 치열을 훑고, 앉은 자리나 누운 자리가 기울어지진 않았나 온통 가늠하며 몸을 옮기고, 오른팔을 쓸 땐 실수로 한계 범위를 벗어날까 근육의 움직임에 온 신경을 곤두세운다.

요가 선생님은 "재은은 자기 몸이 어떤 모양인지 잘 아네요." 말했다. 사람들은 대체로 본인 몸이 한쪽으로 기울어져 있거나 비틀린 상태라는 걸 잘 모른 채 정자세를 취했다고 생각하는데, 당신은 자신이 어떤 상태인지 잘 아는 것 같다고. 나는 "지금 오른쪽 어깨가 더 올라갔죠? 왼쪽 엉덩이가 비틀어져있죠?" 자세를 봐주는 그녀에게 묻는다. 잘 알 수밖에 없다. 골반이, 어깨가, 치아가 더 틀어지진 않았는지 두려워 했으니까.

몸의 실루엣에 관심이 많았다. 초등학교 6학년 때 10도쯤 틀어졌다는 내 척추는 거울만 봐도 그 차이가 보였다. 완벽한 대칭을 가진 사람이 없다지만, 오른쪽 허리가 더 잘록하고, 오른쪽 다리가 더 길다고 느끼며 사는 것에는 의미가 있을 것이다. 나는 나를 많이 생각한다. 내가 어떤 사람인지, 어떤 몸을 했는지, 세상과 맞닿은 부분이 어떤 방식으로 작동하는지. 신체와 정신의 불구함에 자주 매달린다. 파고들어 그 불편을 떠올릴 때마다 나는 조금씩 더 예민해진다. 나의 아주 작은 부분까지, 픽셀이 깨질 때까지 확대해 바라본다. 망가졌거나, 불편을 느끼는 순간들은 선명하게 벼려진 것처럼 해상도가 높다. '왜'와 '어떻게'를 자꾸만 생각한다. 모난 부위를 자주 매만진다. 삶의 경계선에 서서 지금의 나를 조금 더 잘 아는 사람이 되려고 부단히 노력하는 날들에 담긴 정성을 생각한다.

오늘의 성적표

프랜차이즈 별 알바생 특징 흉내로 이슈가 된 코미디언 김민수의 인터뷰는 오늘의 나를 떠올리게 한다. SBS 마지막 공채 개그맨인 그는 웃찾사가 폐지될 위기에서 코미디언 생활을 시작했다. 매일 같이 회사가 망한다는 소리를 들으면서 그게 꼭 자기 성적표 같았다고 말한다.

지금 오늘이 꼭 내 성적표 같을 때가 있다. 그런 때가 있는 정도가 아니다. 이게 전부인 것만 같아 무섭다. 힘을 내면 될 것 같은 억지로 몸을 일으켜야 한다는 생각마저 나를 무기력하게 만드는걸. 이제는 남의 일인 양 나를 방관하는 지친 마음이 착잡하다.

어떤 불안함은 하고 싶은 일을 자꾸 뒷전으로 만든다. 불안이 현재보다 크게 느껴지기 때문이다. 질식할 정도의 불안이라면 버리는 게 합리적인 거 아닐까. 첫 회사를 그만두기로 결심할 때 나에겐 여러 이유가 있었지만 그 마음에 불을 지른 건 무심코 지옥 같다고 생각해버린 순간이다. 지옥이라고 느끼면서 그 회사에 남는 건 오히려 위험한 선택 아닐까. 내가 나를 그렇게까지 하찮게 여길 수도 있는 건가. 그 일이 내가 인생을 걸고 매달려야 하는 최후의 작품은 아닐 테니까. 나를 지옥에서 살게 둘 이유는 없었다.

기나긴 오늘들이 불안에 잠겼다면 전환을 시도하는 것이 좋다. 과거의 내 선택을 돌아보고 이유를 곱씹고 내가 합리적 불안에 감긴 건지 생각한다. 이곳에 계속 머물 것인지 결정할 때가 온 것이다. 눈앞의 자극적인 보상이나 유혹에 시선을 오래 빼앗긴 것뿐이다. 불안은 예정된 육체적인 고통 외에는 합리적인 경우가 잘 없다. 쓸데없이 늘어난 불안의 살림살이를 뚝 잘라 솔직하게 정리한다. 나 자신에게 솔직하게 말하면 무엇이든 좋아질 수 있다. 놀랍게도 나에게도 불안의 원인을 솔직하게 말하기 어렵다는 것이 큰 문제다. 문제를 마

주하는 것이 괴롭기 때문이다. 하지만 언제나, 이 성적
표가 내 마지막 성적표는 아니다.

어떤 모양의 삶과 관계 ────────

오랜만에 친구이자, 함께 책을 만드는 동료를 만났다. 감정을 스스럼없이 드러내다가도 일 이야기로 조심스러워진다. 우리가 노동을 다룰 땐 다른 친구들처럼 직장을 흉보며 하소연을 할 수는 없는 노릇인데도, 결국 좋아하는 것을 나누려면 대화가 일을 주제로 돌아가야 한다는 것이 아이러니다.

우리가 선택한 삶은 경험과 느낌을 어떤 방식으로든 표현하는 것이다. 각자 어딘가에서 겪고 돌아오는 사랑도 우정도, 스스로에 대한 불안이나 자괴 혹은 만족까지도 한구석엔 일을 끼고돈다.

주변 친구들이 어떤 일을 하는지, 우리는 그들과

어떤 이야기를 나누는지. 우리의 사랑은 어쩌다 지금의 모양을 하게 되었는지. 그게 어쩌면, 우리가 가진 일의 형태가 영향을 준 게 아닐까, 그런 생각을 하면 슬프기도 하고. 조직 밖에서 살아가려는 우리의 선택이 다른 보는 것에 연쇄적으로 영향을 미친다면, 그래서 익숙한 형태의 삶을 살 수 없다면 이대로 괜찮은 걸까. 삶은 구석구석에 미치는 불안한 작은 진동을 상대에게 전한다.

같은 방식으로, 같은 모양으로 함께 일하는 사람만이 나누어 줄 수 있는 것. "당신은 누구와 함께 일하나요." 물을 수밖에 없는 것은, 하루 중 가장 오랜 시간을 보내는 사람과의 관계가 자주 나의 기복과 위안, 혹은 불안이 되기 때문이다.

혼자 사는 얼굴 ─────────

"혼자 사는 사람은 혼자 있을 때 절규한다.
가족과 사는 사람에게는 '절규 대체제'가 있다."

라고, 심보선은 말했다. 울고 싶을 땐 집으로 달려
가 절박하게 번호 키를 누르고 문 반대편에 주저앉는
다. 나만의 공간으로 간절하게 도망쳐 다리를 끌어안고
구석에 처박혀 우는 것이 최선인 나이가 된 건지, 혼자
만의 공간이 생긴 덕분에 다른 방법을 잊고 의존하는지
는 알 수 없다.

가족과 함께 사는 친구는 달리 도망갈 곳이 없어
집으로 돌아가면 감정이 투명하게 보이는 것이 싫다 말

했다. 방에서 큰 소리를 내면 거실에 다 들려서 전화 통화도 제대로 하지 못한다고. 부모님과 함께일 때의 나도 마찬가지다. 어제는 아빠 손에 엄마 새 휴대폰을 들려보냈다. 결국 저녁에 새 휴대폰으로 걸려온 전화에서 엄마는 목소리가 안 좋은 것 같다며 잘 지내냐 물었다. 나는 엄마 목소리를 들으면 좀처럼 평정심을 유지하기 어렵다. 지난 일 년 동안 서른두 번쯤 울었고, 울지도 모른다는 생각이 드는 날에는 부모님을 만나러 가지 않았다.

무엇이 더 좋은지는 잘 모르겠다. 혼자만의 공간을 갖게 된 후로 감정을 표현하지 않는 일에 익숙해지고, 표정을 숨기는 것은 조금씩 어려워진다. 혼자 사는 집에서는 감정을 삼킬 필요가 없다. 타인과 감정을 줄다리기 할 필요 없는 생활은 다른 사람들과의 감정을 다루는 일을 어색하게 만든다.

심보선의 말처럼 행복이 절규처럼 들릴 때가 있다. 현실이 미디어, 인스타그램과 전혀 다른 모습이라는 걸 조금 더 확신하게 되면서 단순하게 하나의 이름만을 가진 순수한 감정은 좀처럼 없다는 걸 알 것도 같다. 행복도 처절함을 빌어 웃는 모습을 한다.

나는 웃으면서 웃기도 한다. 울면서 웃는 일은 잘 없지만 그래도 사실은 우는 게 부끄럽지 않은 어른이 되고 싶다. 더 많은 감정을 경험할수록 여려진다. 타인이 삶에 더 깊숙하게 들어오기 때문이다. 타인을 이해하는 범위가 늘어나는 만큼 차가운 가슴 대신 뜨거워 자주 녹아내리고 더 많이 웃고 더 많이 운다. 반대로 혼자의 공간에 익숙해진다는 건 감정을 나누는 데 취약해지는 것 아닐까 겁이 난다. 일상을 나누는 대상이 없는 공간에서 무표정으로 하루를 마무리하며 굳은 얼굴에 익숙해진다. 갑작스럽게 올라오는 감정을 타인 앞에서 어떻게 울려야 하는지 잘 모르는 사람이 되어간다.

산책자의 낮 ─────────────

견딜 수 없는 것들이 자주 떠오르는 하루를 보냈
다. 생각은 늪처럼 수심이 깊어 걷다 보면 어느새 물 속
한가운데다. 길을 잘못 들어 잠자리까지 따라붙은 그
림자에 꿈에서도 괴롭힘을 당한다. 잠들기 위해 긴장을
내려두는 무방비한 시간이 무서워 침대로 쉽게 올라가
지 못하는 밤이 이어진다. 지나간 슬픔이 맨살을 훑고
지나가는 아침에 돋은 소름이 가신 뒤에도, 나는 하루
종일 뒤를 흘끗, 돌아본다.

북악산 방향의 경복궁 돌담길에는 시간이 길게 늘
어져 있다. 걸어도 걸어도 시간을 빼앗기는 기분은 들지
않는다. 종종걸음으로 걷지 않아도 초조하지 않다. 그

길을 걷는 동안 나는 쉼 없이 재잘거렸다. 잃어버린 시간을 그곳에서 되찾으려는 것처럼.

청운동 초입의 카페에서 뱅쇼를 마셨다. 햇살 쏟아지는 그날은 보기와 다르게 무척 차서, 몸이 안팎으로 얼었다. 몸이 따듯하면 마음이 차가운 사람, 몸이 차가우면 마음이 따듯한 사람이라는 우스갯소리가 우습게 나는 이 겨울에 몸도 마음도 차다. 와인에 과일과 향신료 끓이는 달달한 향이 내벽 목조 구석구석 스민다. 나를 몰아세우는 마음의 차가운 바람에도 달큰한 냄새가 스민다.

택시를 타고 창신동에서 내려 바들바들 떨면서 낙산 성곽길을 걸었다. 계절이 바뀌고 다시 한번 올 수 있으면 좋겠다고 생각했다. 버스를 두 번 갈아타고 집앞 정류장에 내리자 눈이 왔다. 날은 추운데 눈이 묽었다. 올겨울은 오랜만에 눈이 잦았고 잘 쌓였다. 다행이었다. 날이 선 신경에 폭신한 것들이 쌓이고 조금 더 평평해진 자리가 나온다. 슬픔이 가라앉은 자리에 눈이 오래 내리면 좋겠다.

위로는 당신을 한 바퀴 돌아 ────────

힘들다고 소리 내어 말하는 건 무서운 일이다. 혼자서 정리하지 못하고 결국 표현하고 말았다는 것이 그렇고, 덮어두었던 감정을 말하고 나면 그게 진짜라는 걸 인정하는 것 같아서 겁이 난다. 마음이 쫓길 때엔 좋은 것들은 잘 보이지 않고, 나를 괴롭히는 것만 보고 싶은 이상한 마음에 사로잡힌다. 누가 나를 이유 없이 좋아하는 건 어려운 일인데, 이유 없이 싫어하는 건 쉬운 일인 것만 같다. 타인을 감정 쓰레기통처럼 사용하면 안 된다는 생각에 힘든 말을 자꾸 안으로 삼킨다. 다들 나름의 어려움을 안고 지낸다는 걸 아니까. 부정적인 이야기를 들으면 상대도 힘들고 지친다는 것도.

가장 이해받고 싶었던 사람에게 당신이 생각했던 것과 다른 사람인 것 같다는 말을 들었던 경험은 아직도 나를 주눅 들게 하고, 타인이 기대한 것과 다른 모습인 나는 자주 숨고 싶어진다. 내가 어쩔 수 없었던 이유로 받은 상처마저 내 탓 같은 날이다. 이유를 알 수 없을 때 자꾸만 나의 문제를 찾아보게 된다. 나를 오래 들여다보는 것도 위험한 일이다. 이 감정도 언젠가 이겨내든 천천히 사라지든 할 텐데 위로받고 싶어도 참고 조금만 더 기다리면 되지 않을까. 그런 생각을 하고 만다.

잘 지내자는 다짐과 눈물이 다툰다. 내일 일어나면 문득 아무렇지 않을 것 같기도 하고 좀처럼 끝나지 않을 것 같기도 하고. 친구는 내가 삼 개월 전쯤 보낸 메일을 자주 들여다본다고 했다. 오늘도 열어봤다며 나에게 메일을 돌려보냈다. 내가 건넨 위로가 나를 끌어안는다. 타인의 슬픔에 질식할 것만 같았던 경험도 나의 슬픔을 감추게 한다. 누군가 나의 슬픔에 깊이 빠질까 봐. 또 다른 상처가 될까 봐. 다만 위로는 돌고 돌아 나를 감싸고, 꾸준히 타인의 슬픔에 닿아 나누었던 기억이 오늘 나의 슬픔을 희미하게 만든다.

화살표를 돌린다 ─────────────

'다정함'이라는 보이지 않는 마음을 두고 쓴 책이
있다. 그 책을 쓸 때와 마찬가지로 지금의 나는 위태롭
고 불안정하다. 그때는 마음에서 솟아나는 다정이 잘
없어 타인의 따듯한 손길에 기대어 글을 썼다. 개정판
작업을 하는 동안 좋은 기억을 오늘에 끌어다 매일을
연명하는 기분이었다.

슬픔 마음으로 좋은 언어를 짓는 일은 쉽지 않지
만, 어두운 곳에서 밝은 곳을 자꾸 들여다보는 일은 도
움이 된다. 나를 지금까지 지켜온 온기를 별 수 없이 계
속 꺼내는 과정에서 나는 역시 세상은 살만한 곳이라는
생각까진 못 해도 자꾸만 까먹는 좋은 것들을 다시 발

견한다. 나를 좋아하는 게 힘들 때면 바깥에서 문을 두드리는 좋은 소식도 잘 들리지 않는다. 좋아하는 힘이 전 같지 않다. 나약한 사람 마음은 나쁜 징조를 찾는다. 내 삶을 전복시킬 증거를 찾는데 혈안이다. '잘 될 리가 없잖아. 좋을 리가 없잖아.' 한다. 항상성이 꼭 좋은 방향으로만 가는 것이 아니라서 자꾸만 슬픔으로 돌아가는 화살표를 수도 없이 꺾어야 겨우 한 번 웃는다.

좋은 이야기를 쓴다. 좋은 것을 기억하고, 오늘도 화살표를 한 번 돌린다.

합판으로 만든 작은 방이라도 ——————

부모님과 한 방에서 같이 자던 시절은 기억하지 못한다. 그런 시절이 있었는지도 확실하지 않다. 사춘기가 지나고 나만의 방이 없는 환경에 놓이는 일이 영 어색하다. 나를 숨길 최후의 공간은 늘 필요하다.

감정 기복이 심한가 싶어 내가 예민한 것 같다고 하니, 친구는 너는 감수성이 풍부하다고 말해주었다. 다른 사람들과 오랜 시간 함께 지내면 갑자기 막막해진다. 나에게 공간의 자유가 절실한 이유는 감정을 숨기는 데 능숙하지 못한 탓인지도 모른다. 나를 검열하고, 고치고, 다듬을 수 있는 글이 편하다는 생각을 한다.

마음껏 무기력하고, 흥이 나면 춤추고 노래 부르

고, 다시 우울하다가, 엉덩이에 뿔날 정도로 웃는 것. 누군가와 있을 때는 알게 모르게 기대받는 역할을 수행한다. 언제든 변할 수 있는 기분이건만, 그가 잘 모르는 나를 하나하나 변명하고 설득해야 하는 일이 고역이다. 변덕스러운 내 표정을 따라 질문 받는 것도 부담스럽고, 무엇보다 걱정 끼치고 싶지 않다. 기분은 언제든 변할 수 있는 거니까. 나는 자주 바뀌는 사람이니까, 역시 긴 시간을 함께 하는 것은 영 어려운 일이다.

*

한 건축가는 이과와 문과라는 구분을 좋아하는 이곳에서, 그 경계가 모호한 건축의 시선으로 세상을 읽는다. 그를 보면 여러 분야의 지식을 융합해 말하는 사람의 설득력이 크다는 걸 느낀다. 경계는 생각의 틀이 되고, 안전한 삶의 틀이 된다. 반듯한 세상에서 벽을 느끼는 건 당연한 일이다.

그는 집에서, 학교에서, 회사에서, 카페에서 사람들과 모든 공간을 공유하며 사는 것의 어려움을 말한다. 사람에겐 자신만의 작은 공간이 절실하다며 본인은 어릴 때 작은 합판으로 만든 방을 갖고 싶어 했다고 말한다. 떡잎부터 건축가였다고 자화자찬한다.

회사를 다닐 때 가능하면 점심을 혼자 먹었다. 카페에서 커피와 샌드위치로 간단하게 식사를 때우고 산책을 했다. 한 시간 넘게 지하철에서 사람들과 부대껴 출근하고 나면 점심 때까지 사람들로 꽉 찬 사무실에서 일하다가 사람들과 같이 밥을 먹고 다시 모두에게 둘러싸인 내 자리에서 업무를 마치고 퇴근해 지하철, 집에 도착하면 가족과 함께 사는 집이었다. 나만의 공간이라고 하기엔 나무로 만든 방문은 너무 빈약했다. 아무도 나를 감시하지 않지만, 나를 감출 수도 없는 삶은 감당하기 힘들다. 타인을 신경 쓰지 않으면 어떨까. 그럴 수 없다. 그럴 수 없어서 나 이외의 소음이 없는 곳에서 보내는 시간을 그토록 바랐다.

조용한 카페에서 점심을 해결하고 아는 사람 없는 산책로에서 직장인이 아닌 것처럼 걷다가 복귀하는 것만이 그때의 내가 '혼자일 수 없는' 막막함에서 숨을 쉴 유일한 방법이었다. 합판으로 만든 작은 공간은 늘 필요하다. 아지트를 찾아다니던 어린 시절에도, 지금에도.

고통을 느끼지 못한다면 ————————

잃는 상상을 한다. 사람을, 일을, 삶을, 그리고 감각을. 오래 다닌 치과에서 십 년 넘게 본 선생님은 '말했듯이'라는 말로 이야기를 시작하곤 했다. 나에게 치과에서 새로운 소식이란 잘 없기 때문이다. 새로운 충치가 생겨도, 상처 난 자리를 채우러 가도, 사랑니를 뽑아야할 때도 다 아는 이야기다. 내 입안은 너무 작다는데 다날 필요도 없는 이가 개수 맞춰 다 났다. 스물일곱 살에는 그때까지 한 번도 음식을 씹어본 적 없다는 덧니를 갈아 열을 맞췄다. 누운 사랑니를 뺄 때는 뽑을 각도가 나오지 않아서 그 앞의 이를 갈고 사랑니를 뺐다.

사랑니를 뽑을 때 위치가 안 좋아 신경에 일시적

인 손상이 올 수도 있다는 말을 들었다. 미각이 상할 수도 입술에 감각이 없어질지도 모른다고 했다. 그럴 수도, 그렇지 않을 수도 있고, 동의서가 필요하다고 했다. 사랑니 수술은 다 그렇다고 했다. 감각에 손상이 온다면 회복에 하루가 걸릴 수도, 한 달이 될 수도, 얼마나 지속할지는 알 수 없다고. 한 번은 이가 너무 상해서 신경치료를 해야 할지도 모르겠지만 가능한 살려보자고 했다. 신경 치료는 사실 신경을 제거하는 방식일 뿐이라 시린 이를 가지고 살게 되더라도 신경을 잃는 것보단 나을 거라고 했다. 고통을 느끼지 못하면 문제가 생겨도 스스로 알 수 없으니까.

가끔은 나에게 그런 일이 생긴다면, 볼 수 없게 된다면, 이라는 상상을 한다. 삶의 편의와 관계없이 내가 가장 잃고 싶지 않은 감각은 무엇일까. 동공이 방향을 잃고 방황하는 모습을 그리다가 상상하고 싶지 않아 눈을 감는다, 아니 눈을 뜬다. 쌍커풀을 갖고 싶었던 사춘기를 지나 눈은 주근깨와 함께 내가 가장 좋아하는 신체 특징이다. 상대를 볼 때도 눈을 먼저, 오래 들여다본다. 시간과 마음을 쏟으면 깊어지는 취향처럼, 자신의 눈을 자주 들여다보는 사람은 그 안에 담긴 것들의 결을 섬세하게 구분할 수 있게 되지 않을까.

눈으로 많은 이야기를 하는 사람이 있다. 눈이 말을 할 수 있다고 믿는 사람. 자기도 모르게 그렇게 말하는 사람. 그 눈이 나를 바라보면 영영 벗어나고 싶지 않다. 나는 어떤 말보다 그 시선을 믿고 의존한다. 시각을 잃는다면 상대를 신뢰할 수 있을까, 누군가를 좋아할 수 있을까. 그가 무엇을 바라보며 말하는지 모른 채로도 관계는 견고할 수 있을까. 시력을 잃지 않아도 이미 그의 눈에 무엇이 담겨 있는지 알 수 없을 때가 있었다. 그가 보는 것들이 나에겐 보이지 않아서 나는 그를 떠날 수밖에 없었던 날도 있다. 그들의 기쁨과 슬픔을 볼 수 없는 내가 진정으로 누군가를 아끼고 사랑할 수도 있는 걸까. 그러기 위해 새롭게 배워가야 할 기나긴 길을, 상상하기 어렵다.

아픔을 느끼지 않고도 살 수 있을까. 신경을 치료한다는 말로 신경을 없애듯. 마음을 고친다는 말로 마음을 잃는다면 그러고도 잘 살 수 있을까. 역시 상상하고 싶지 않다.

영영 가질 수 없는 것 ──────

질투는 소유욕에서 온다는 노골적인 문장을 읽었다. 단호한 문장에 마음이 그 자리에 한참을 서서 생각한다. 질투는 흔하다. 갖고 싶은 것, 되고 싶은 것. 아니면 갖지 못한 것, 내가 되지 못할 것. 10대, 내 질투의 대상은 주로 친구였다. 모든 사람을 질투할 수 있다는 증거인 지도 모른다. 지금은 그들의 좋은 일에 누구보다 함께 좋아할 수 있는 사람이 되고 싶다고 간절하게 바랄 뿐이다.

아빠는 질투의 대상이 잘못되었다고 말했다. 가까운 비교 대상이라는 이유만으로 친구를 질투하는 건 자기 자신을 질투하는 것과 다름없고, 너희는 언제나 서로의 편이 되어주어야 하지 않겠느냐고. 어린 시절의 나는 어딘가 여러 군데 삐뚤어졌던 것 같다. 살짝 틀어진 여러 신체 구조처럼 왠지 모르게 이상한 방향으로 자란 생각과 감정을 조정하며 커왔다. 지금 생각하면 당연한 아빠의 말이 당시의 나에게는 큰 깨달음이었다. 어쩌면 아빠가 말해주지 않았어도 나이가 들며 자연스럽게 사라질 마음이었을지도 모른다. 내 치기 어린 질투가 얼마나 부질없는지 깨닫고 나니 다시는 그전으로 돌아갈 수 없다. 에덴동산에서 금단의 사과를 먹고 사리분별을 하게 된 아담과 이브가 부끄러움을 알게 되고 다시는 천진난만한 삶을 살 수 없게 된 것처럼, 부끄러움을 배운 나는 누군가를 질투하던 나 자신의 지난 과거를 조금 더 엄격하게 다잡을 수밖에 없다.

　질투가 소유욕에서 온다는 말은 질투 자체가 문제가 아니라는 뜻이다. 그 대상을 소유하고 싶어 한다는 것이 진짜 문제다. 소유욕을 그 범위가 얼마나 넓은지. 그것은 갖고 싶은 마음, 가질 수 있을 거라는 마음, 사실은 소유할 수 없는 것임에도 불구하고 가졌다고 여기는 마음에서 온다. 늘 움직이며 변화하는 관계를 내 뜻대로 이끌고 싶다고 느낄 때마다, 관계와 물욕이 주는 실망과 허망을 느낄 때마다 내 손에 잡고 있는 것만으로는 아무것도 가졌다고 할 수 없다는 사실을 깨달아간다.

타인을 소유할 수 있다는 생각을 멈추고 싶다. 그들의 마음이 내 뜻대로 되기를 바라며 관계하는 사람이고 싶지 않다. 관계에 오만한 사람으로, 물질이 나를 구원하리라는 믿음으로 타인과 나를 비교하는 사람으로 고통받고 싶지 않다. 정말 내가 가진 것은 얼마나 될까. 가졌다고 믿는 순간 간절하고 뜨겁던 나는 사라지고 또 다른 것을 바라는 마음이 생길 때마다 소유욕과 질투는 점점 나를 옥죈다. 순수하게 가까워지고 싶었던 마음이 수단과 욕심이 된다.

외로움의 역할

그는 함께여도 외롭다고 말했다. 드라마에서 들었던 대사를 실제로 누군가 나에게 할 줄은 몰랐다. 테이블 맞은편에 앉아 나와 소주를 세 병 째 나눠 마시던 선배는 12년 만에 처음으로 연애를 쉬고 있다고 했다. "능력도 좋다." 능청스레 대꾸하자 "나한테 먼저 좋다던 여자는 없었어." 민망한 눈치로 답한다. 충분히 괜찮은 그가 변명하듯 대꾸하는 말을 들으며 냉소적인 사람들은 어쩌면 칭찬받는 게 부끄러워서 바보 같은 답을 하는 지도 모른다는 생각을 했다. 그는 잠시 미간을 찌푸리더니 "일 년 반쯤…" 말 끝을 흐렸다. 학교를 다니며 캠퍼스 커플만 몇 번씩 하던 사람이었다. 본인 입으로는 내가 모르던 시절까지 여섯 번쯤 했을 거란다. 다시 연애할 생각 없느냐는 나의 말에 그는 혼자서 지내는 게 어렵지는 않다고 차분하게 말했다. 오히려 외로워서 연애를 멈추게 된 것 같다고, 다시 연애를 한다고 해도 자신과 만나는 사람에게 미안할 것 같다고 했다.

"아아, 그치. 같이 있어도 외로우면, 혼자일 때보다 힘들지." 나는 혼잣말하듯 답했다. 눈앞에 선배는 사라지고 지난 기억이 깜박인다. 그 감정의 매 순간이 침대 맡에 걸어둔 그림처럼 선명하다. 날카로운 기억은 잘 잊히지 않는다. 상처는 자국이 남아 만질 때마다 환상통이 느껴진다. 언젠가부터 연애의 끝은 늘 외로움이었다. 외롭다고 말할 필요는 없었다. 말을 하는 순간 나는 더 외로워질 테니까. 이미 외로움을 나눌 사이가 아니게 되어서, 마음을 요구할수록 나는 발가벗은 것마냥 차가움에 벌벌 떨게 될 테니까. 연애의 마지막을 반복할수록 쉽게 포기하는 사람이 된다.

그들도 외로웠을까. 함께 있어도 외로워져서, 겁이 나서 차라리 아무 말도 않게 된 걸까 우리는.

"외로움이 제 역할을 하는 날이 오겠지. 선배한테도."

낙하산 ───────────────

어릴 땐 꿈에서 자주 떨어졌다. 매번 같은 절벽에서 떨어지면 죽기 전에 꿈에서 깼다. 키 크려고 그러는 거라고 했고 그때는 일 년에 십 센티 씩 컸다. 추락하는 게 무섭긴 해도 불만은 없었다. 딱 키가 클 만큼의 어둠 이후에 무사히 꿈에서 깨어났다.

콜드플레이 1집 <parachutes> 바이닐 일시 품절이 풀렸다는 문자를 받았다. 이 앨범은 추락하는 나에게 줄 수 있는 낙하산 같았다. 더 이상 키가 크지 않는 내가 꿈에서 자꾸만 발을 헛디디는 이유는 뭘까. 낙하산 없이도 어둠에서 잘 깨어나는 법을 알고 있던 어린 시절과는 다르게 나는 한동안 불행에서 영 깨어나질 못하는 기분이다. 나쁜 꿈은 현실에서부터 시작했다. 익숙한 얼굴들이 나와서 예상치 못한 안 좋은 소식이나 슬픔을 안겨 준다. 꿈은 잔인하게도 내 상상 속에서 한 번쯤 떠오른 가장 나쁜 하루를 살게 한다.

　　낙하산이라는 단어만으로 위안 받는다. 나에게 낙하산이 되어주는 사람과 좋아하는 것들을 떠올린다. 친구와 가족, 책과 영화, 좋아하는 앨범을 손에 쥐는 것. 이런 게 있지. 삶에는 이런 게 있지. 아무것도 모르던 어린 시절에는 이런 게 필요할 만큼 위험해 본 적이 없었지. 하지만 어른이 된 나에겐 이제 위태롭게 추락하는 중에 무사히 착륙하게 도와줄 좋은 단어가 필요하다. 좋은 것들을 연상하게 해주는, 내가 사랑하는.

    한 친구는 인스타그램 <Having>이라는 자기계발서를 올리면서, '무엇을 가졌느냐에 집중하는 것이 부자가 되는 길이라고 했다'라고 적었다. 부자도 좋지만 해빙을 생각한다. 내가 가진 것을 아끼는 마음을 붙잡기가 힘들다. 놓치고 잃어버린 사람들이 자주 생각난다. 지금의 나를 찾아주고 늘 곁에 있는 사람들은 잘 보이지 않고, 그들의 사랑도 잘 느껴지지 않는다. 어떤 이유로든 그 시절을 지나 더 이상 나와 함께 있지 않은 사람들, 더 이상 볼 수 없는 사람들. 그렇게 되어버린 이유를 곱씹는 일이 잘 멈춰지지 않는다. 기쁜 생각에 푹 빠져서 나쁜 생각을 하지 않는 사람으로 살 수 있다면 좋을 텐데 그 반대인 날들이 고되다.

　　그럼에도 불구하고 여전히 해빙을 생각하는 사람
이고 싶다. 괴로운 시절에 멈춰버린 얼어붙은 마음을 녹
이고 싶다. 가지지 못하고, 이미 잃어버린 것에 마음 쏟
는 시간을 줄이고 얼어있던 팔을 들어 올려 오늘을, 오
늘에만 있는 것을, 감싸 안고 싶다.

기복

주변을 돌아볼 여유가 있는 사람이 되고 싶은데 내 발끝만 보인다. 눈을 감고 다 무시하고 싶다. 내 감정도, 바깥의 소음도, 오늘 할 일도. 말을 하고, 말을 듣는 시간 동안만 겨우 살아 있는 기분이다. 타인의 목소리가 끊기면 불안하다. 이토록 낮은 곳에서 나는 내 작은 숨소리에 갇히지만, 밖에서 나를 들여다보는 사람들로부터 더 높은 곳에서도 숨 쉴 수 있는 산소호흡기를 넘겨받는다.

나 스스로 올라갈 힘이 없을 때에도 내가 나를 가두고 괴롭히지 않도록 이야기를 나눈다. 높은 곳에서는 다시 혼자서도 괜찮을 것이다. 그때는 내 차례가 올 것

이다. 당신이 보지 못하는 당신의 빛나는 얼굴에 대해
말해줄 수 있는.

트라우마 (1)

    어릴 때부터 오른팔은 문제가 많았다. 배드민턴 치다가도, 수영을 하다가도, 서핑을 배울 때도, 필라테스든 요가든 무슨 운동을 해도 무리였다. 대부분 결국 다치고 포기하거나 소극적으로 임할 수밖에 없었다. 아무 일 생기지 않아도 고통을 아는 팔은 이미 움츠러든다.

    운동을 다시 시작한 지 한 달을 막 채울 무렵 팔은 또 문제를 일으켰지만 그 한 달은 어땠나, 촉촉한 여름밤 공기를 살결에 매만지는 날들, 스쿠터 핸들을 잡고 바람을 맞는 아침마다 바닥에 몸을 구르고, 아침이거나 밤이라서 씻는 게 아니라 한바탕 땀을 흘려서 샤워했던 한 달. 그러니까 땀은 하루의 모든 것을 세탁기에 돌려

쭈욱 짜낸 정수 같은 것이었고, 지난 시간의 찌든 때를 자꾸자꾸 불려주는 세제 같은 거였다.

　　트라우마는 삶을 느리게 둘러 가도록 만든다. 작은 성공에 크게 기뻐하고 평범한 것을 사랑하게 한다. 어떤 수치 변화나 실력 향상은 관계없이, 아무 근심 걱정 없이 감정의 균형과 적절히 고단한 하루를 만드는 일에 마음 쓴다. 워라밸은 한참 멀었다. 라이프 뿐이던 날들로부터 미뤄둔 것들은 이제 내일부터, 작심하기에 유용한 새로운 달의 첫날부터 하면 된다. 새로 시작할 핑계는 아직 많이 남았다.

어떤 세계에서는 흠이 아니라 ─────

드라마 <응답하라 1994>에서 윤진은 하숙집에서
말을 못 하는 장애를 가진 엄마에 대해 말하지 않는다.
윤진이 감춘 것인지 엄마가 원하지 않았던 것인지 알 순
없지만 흐름상 윤진이 숨긴 게 아닐까 싶어진다. 하지만
윤진의 사정은 그 집의 다른 하숙생이었던 삼천포에겐
아무것도 아니었던 것 같다. 윤진의 엄마가 가진 장애는
아마 하숙집의 다른 친구들의 세계에도 별다른 영향을
끼치지 않았을 것이다. 윤진의 엄마가 서울에 올라온
날, 윤진 대신 자신의 일정을 미루고 윤진의 엄마를 모
시러 간 삼천포 덕분에 둘의 관계는 크게 진전되어 결혼
이라는 결말을 맞는다. 물론 드라마 속 이야기다.

하지만 나의 흠이, 누군가에겐 아무것도 아닐 수 있다는 사실은 정말이다. 사랑받지 못할까 숨기고 싶은 문제들을 개의치 않고 감싸 안아주는 사람이 있다. 타인이 전전긍긍 안고 가던 짐을 내가 손쉽게 들어줄 수 있는 것처럼.

어떤 세계에서는 흠이 아닌 것들을, 내가 미리 미워하지는 않았나.

다시 불행하지만 ────────

불행의 끝은 어디인가. 알 수 없을 것이다. 하루는 낙엽이 바닥에 다 떨어져 계절이 끝나듯 불행이 끝났다고 믿었다. 오래 걸렸지만 결국 또 행복해지는 거라고 속으로 생각하고 씩 웃었다.

온몸을 바닥에 바싹 붙인 채 불행이 지나가기를 기다리는 대신 밖으로 나가 몸을 움직여 마음을 데운다. 나를 안에서 바라보느냐 밖에서 바라보느냐에 따라 불행은 다르게 보인다. 어떤 면에서는 불행이다가 다른 각도에서는 불행이 아니기도 했다. 시선을 달리 둘 때마다 기분이 달라져 혼란스러웠지만 그것이 불행이기만 한 것이 아니라고 생각하게 됐다. 그 알 수 없음이 결국 불행일지라도 불행은 불행의 것일 뿐, 좋은 것들은 여전히 그 성질 그대로 원래 있던 자리에서 제 역할을 한다는 걸 알 것도 같았다. 하나의 사랑이 모든 사랑을 대신할 수 없듯이, 고작 하나의 불행이 인생을 짓누를 순 없었다. 불행은 그저 그런 하루 같은 것이다.

시간은 그런대로 흐르다가 아무렇지 않게 넘길 수 없는 불행이 다시 찾아온다. 틈만 나면 머릿속을 비집고 들어와 온갖 훼방을 둔다. 다시 아무것도 하고 싶지 않아져도 계속하기로 한다. 나가고 싶지 않지만 운동도 여전히 하러 간다. 이제 알기 때문이다. 나를 옳게 하는 시간까지 그만둘 이유는 없다. 불행은 불행대로, 행복은 행복대로, 같은 곳에 둘 것이다. 그 행복은 이 불행과 상관없고, 새로운 웃음은 이 눈물과 상관없으므로.

불행이 오늘의 전부는 아니다. 행복이 오늘의 전부가 될 수 없듯이, 어떤 감정이나 상태를 위해 살 수는 없다. 연약한 기분을 중심에 두는 대신 내가 좋아하는 일을 우선으로 둔다. 감정이 아니라 '확실한 감정을 일으키는 것들'에 마음을 둔다.

지나간 것을 대하는 방식 ─────────

"밤에 침대에 누웠을 때 마음에 걸리는 게 아무것
도 없는 상태."

개그맨 홍진경은 그것이 행복이라고 말했다. 누군
가의 말이 유난히 마음에 남는 날이 있다. 똑같은 영화
가 하루는 날 울리고 하루는 날 웃기는 이상한 일이 일
어난다. 마음의 일이다. 영화가 아니라, 그날의 대화가
아니라 늘 내 것인 내 마음이 항상 변덕을 부리며 날 울
리고 웃긴다. 침대에 누워 한 시간이 넘도록 잠들지 못
한다. 수면 아래 깊숙한 곳에 담가도 자꾸만 둥실 떠오
르는 마음탓이다. 오른팔 이야기를 하는 건 이제 아주
지루한 일이다. 잠들기 전 내일 운동 내용이 적힌 학원

의 공지를 확인한다. 생소한 동작을 유투브에 검색하고 외국인 트레이너가 보여주는 자세를 따라 하며 내 오른 어깨가 허락할지를 고민한다.

어깨를 다치는 상상은 오랜 트라우마다. 관절이 어긋나는 것만 같은 불길한 느낌은 이제 겪지 않아도 상상통으로 다가온다. 침대에 누워 불편한 미래의 고통을 생각하며 잠 못 이루는 밤. 왜 오래도록 치료를 미루며 살아왔나. 한탄하고, 원인을 제공했던 어린 시절의 그 남자아이를 미워하며 옛날부터 했던 생각을 반복하는 밤. 이미 탓할 만큼 탓하고도, 한참을 지나온 일을 똑같이 슬퍼하는 이상한 마음이 내 것이다.

밤에 침대에 누웠을 때 마음에 걸리는 게 아무것도 없는 상태를 누리기 위해. 한 번 미워한 것을 똑같은 방식으로 다시 미워하지 말고, 이미 탓한 대상을 같은 일로 다시 탓하지 말고, 이미 고민한 것을 똑같은 이유로 다시 고민하지 않을 것. 지난 괴로움이 제 발로 다시 찾아오지 않는데 스스로 상자를 열어 그 뒷덜미를 쓰다듬는 습관을 버릴 것. 다가오지 않은 것을 무서워하지 않도록, 다가오는 것들을 밀어내지 않도록.

첫 차를 타고 ———————————

엄마를 보러 간다. 혼자서 견디기 버거운 일이 생기면 잠을 잘 못 잔다. 내일이 오는 것이 싫기 때문이다. 새로운 하루를 시작할 자신이 없기 때문이다. 그 하루가 나에게 별 필요가 없기 때문인지도 모른다. 잠을 못 자든 안 자든 별 일은 아니다. 워낙 잠을 잘 참고 잠을 잘 못 잔다. 스물다섯 살 때는 48시간을 깨어 있고 6시간만 자는 게 하루라는 것이면 좋겠다고 썼다. 잠을 개운하게 자는 편이 못 되어서 아침에 힘든 날이 많았다. 까무룩 잠들 때까지 버티고서 죽은 듯 잘 수 있었다. 죽음과 비슷한 잠이었을까. 회사 다닐 땐 출근할 때까지 잠에 들지 못해서 40시간씩 깨어있기도 했다. 집에 도착하면 종일 버티기 위해 먹은 카페인과 당분으로 각성 상태가 되어 바로 잠들지 못했다. 잠은 그런 의미에서 언제나 큰 화두이고, 그런 의미에서 대단할 것 없다.

신경 쓰이는 것이 생기면 한동안 잠을 설친다. 낮밤이 뒤바뀌고 곧 체력적으로도 견딜 수 없어진다. 내일을 시작할 자신이 없어질 새벽 무렵 집으로 전화를 건다. 잠귀 밝은 아빠가 깨서 전화를 받으면 엄마를 깨워달라고 한다. 엄마는 내 늦은 전화를 기꺼이 받아줄 것이다. 엄마는 언제나 내 이야기를 듣고 싶어하니까. 엄마가 세상에서 제일 궁금해하는 건 당신이 낳아 길렀지만 이제는 가장 큰 수수께끼인 나의 삶과 나의 마음이다. 관객이 너무 궁금해하면 오히려 솔직해지기가 힘들다. 그 어떤 기대가 무겁기 때문이다. 떼를 쓰는 것 말고는 아무것도 할 수 없을 때, 가장 지친 날에야 나는 엄마에게 꾹 억눌러왔던 것을 꺼내보인다. 아직 아무에게도 보여주지 않은 것을. 아직 밖으로 나갈 때가 아닌 마음을.

나는 뜨거운 휴대폰을 붙잡고 첫 차가 다니기 시작할 때까지 엄마를 붙잡는다. "엄마 졸려? 미안, 근데 나 자기 싫어...." 엄마가 졸린 눈을 비비고 몇 번쯤 눈을 끔뻑이는 것을 안다. 나는 아직 전화를 끊을 생각은 없다. 어쩌다 하루잖아. 어쩌다 하루쯤은 그래도 된다고 생각하니까. 곧 첫 차가 다닐 시간이 되면 그때는 전화 끊을 준비를 한다. 옷을 갈아입고 짐을 챙겨서 그 첫 차를 탈 거니까. 엄마가 통화를 끊고 잠깐 단 잠을 꾸는 동안 나는 방금 일어나 새벽같이 일을 나가는 사람들 사이에서 오늘의 마지막일 꿈을 버스 차창에 기대 잠시 꾼다. 내 것이 아닌 걸 이렇게나마 얻으려는 듯이. 시내는 이미 밝고 분주한데, 동네 안은 잠이 덜 깨 고요하다. 밤 열 시 같은데 공기가 차고 맑다. 새벽이다. 모든 날씨와 계절이 좋다. 이십사 시간을 깨어 다 쓰고도 건강할 수 있으면 좋겠다. 새벽 내내 집에만 있기엔 아무도 쓰지 않는 이 너른 공간은 취해서 더 마시지 못하는 비싼 술같이 아깝다. 꼭 감정이 차오를 때만 만질 수 있는 눈물처럼 귀하다. 삶이 엉망이어서 첫 차를 타러 가는 데 마치 규칙을 깨고 특별한 삶을 살기로 마음먹은 사람처럼, 새로운 하루를 시작한다.

온몸을 바닥에 바싹 붙인 채

불행이 지나가기를 기다리는 대신

밖으로 나가, 몸을 움직여

마음을 데운다.

이해할 수 없는 것을 내버려두는

트라우마 (2) ————

　미국 시트콤 <프렌즈> 주인공 중 한 명인 챈들러
는 부활절 트라우마를 가졌다. 어린 시절 부활절 식탁
에서 부모님이 이혼을 선언했고, 아버지는 성 취향을 커
밍아웃 했으며 가정부로 일하던 남자와 바람이 났다.
프렌즈 에피소드가 늘 그렇듯 이 모든 사정사는 시종
웃기게 그려지며 슬픈 감정은 들지 않는다.

　1월 1일이다. '특별한 날.' 생일이나 크리스마스, 연
말과 새해, 그 외 부수적인 기념일은 그냥 날짜라는 숫
자가 주는 것과는 다소의 감정을 불러일으킨다. 그런
날마다 제대로 웃었던 일은 차치하고 울지 않았거나 우
울하지 않았던 적은 손에 꼽지 않나. 언젠가부터 생

일이 다가오면 알 수 없는 체기와 설렘이 동반한다. 무슨 일이라도 일어날 것만 같은 기대는 늘 모자라고 어긋난다. 현실은 들뜬 기분을 따라가지 못하고, 다른 날이라면 아무렇지도 않았을 일에 알레르기를 일으키고 차라리 평범한 날보다 쉽게 우울해진다. 행복해야 할 것만 같은 날이다. 기대치가 한껏 올라 영 행복이 손에 잡히지 않는 허상처럼 느껴진다.

누군가 특별히 이름 붙여둔 날들이 잦은 실망에 무서워진다. 특별히 더 행복할 수 없는 여느 날일 뿐인데 불행해서는 안 되는 덫에 걸려드는 기부이다. 불행만큼 흔한 걸 피하기가 쉬운가. 기대하지 않겠다고 해도 담백해지지 않는 마음을 달랠 수 없어서 들뜬 기분에 지레 겁먹고 만다. 울면 안 될 것 같은 날에 울 것 같은 얼굴을 하고 싶지 않았을 뿐인데, 나는 이미 아무것도 좋아할 수 없는 마음이 된다.

서툰 사람이 되는 게 겁이 난다. 이벤트에 맞추어 감정을 유지하고 조절할 필요 없는 일상과 다르게, 분명한 기준이 없는데도 마냥 좋아야겠다고 하니까. 좋은 날이니까 가능한 좋아야 하는데, 그렇지 못한 마음이 부끄러워질까 봐 소극적인 태도로 그날을 대한다. 이름에 걸맞은 하루를 보내지 못할까 봐, 상대에게 서운한 마음이 들까 봐, 긴장한 채로 잔뜩 웅크린 나. 나를 잘 다루지 못하는 내가 되는 게 싫은지도 모른다.

특별한 날을 고요하게, 오래도록 붙어있던 이름과 상관없는 하루를 보낸다. 서른 번의 생일과 서른 번의 크리스마스, 서른 번의 새해가 늘 좋을 수 없었는데. 잘 못 보냈던 하나의 기억에 멈춰버린 그날을 구하기 위해 낡은 기억과 오래된 이름을 분리해 바라본다. 낡은 기억이 기생할 이름을 빼앗고 트라우마와 대상을 분리한다.

온도가 변하지 않는 방 ────────────

    지인들의 SNS에서 시작한 눈 소식은 얼마 지나지 않아 우리 동네로 찾아왔다. 천천히 나부끼던 눈송이는 짙어졌다 옅어지기를 몇 번 반복하다 이내 밖이 환해질 정도로 가득 찬다. 눈이 쌓인 내일은 최고 영하 11도, 최저 영하 18도의 하루가 될 예정이다. 비현실적인 숫자지만, 밖에 나갈 필요가 없는 나에게는 꿈처럼 현실과 거리가 있어서 아무래도 상관없다. 바깥 온도가 얼마나 오르내리던 내 방은 적정한 온도로 유지될 거다. 웃풍이 심하다 싶으면 24도 정도, 해가 난다 싶으면 21도쯤으로. 오늘과 다르지 않은 온도와 습도의 방.

    나의 삶이 기온 변화에 영향을 받지 않는다는 사

실은 이상하다. 모든 것이 살아 움직이는 세상이 창문 너머로 생생하게 보이는데 나는 그냥 계속 똑같은 보일러 온도를 유지하면 그만이라니. 밖은 점점 추워지는데 나의 하루는 아무것도 달라지지 않는다.

투명한 보호막에 둘러싸여 털끝 하나 상하지 않고 생을 방관하는 사람이 된 것만 같다. 치열한 것과 멀리 떨어져 산다는 사실이 못내 부끄럽고 씁쓸하다. 삶의 신비를 더더 알고 싶다고 떠드는 나는 추위를 잘 모른다. 나는 나의 작고 작은 세상에서 알 수 있는 만큼 알며 살아가는 사람이다.

내 방 창문이 향한 곳은 풍경이 고요하다. 야트막한 뒷산과 조용한 차들이 다니는 긴 도로와 이어지는 지하차도, 30년 먹은 키 큰 나무들이 드리워 숲길처럼 조성된 동네 산책로. 창문을 열고 한참 바라보다가 추워지면 잠시 창을 닫고, 쌓인 눈이 바꾼 풍경을 기대하며 다시 창문을 연다. 들뜬 표정으로 움직이는 지구를 내려다보다가 다시 걱정이 고개를 든다.

영하 20도와 상관없는 삶을 사는 내가 전혀 모르는 세상에 사는 사람들. 추운 겨울, 더운 여름에 볼멘소리를 낼뿐인 나와 다르게 생존을 걸어야 하는 사람들을 떠올린다. 나는 여전히 아무것도 모른다. 영영 모르고 살 것들이 무섭고 걱정되는 밤.

중력을 거스르는 마음 ────────

뭐라고 표현할 수 있을까. 전날 놀러 온 친구들이 먹고 마시고(알코올) 늦게 자고 늦게 일어나 먹고 마시고(카페인) 떠났다. 술과 커피에 기댄 채 긴 각성 상태에서 일과 사랑을 필두로 뒤죽박죽 섞어 나눈 근래의 이야기들이 친구들이 떠난 빈 공간에 가득 차있다. 꽉 막힌듯 답답한 기분에 가슴을 문지르며 방안을 서성인다. 함께 나눌 때엔 웃어넘길 수 있던 이야기들이 혼자서는 어렵다.

앉을 수도 설 수도 없이 마음이 저릿할 땐 선택지가 별로 없어서, 몸을 움직이는 일에 의존해야 한다. 중력을 거스르는 일은 오랜 동경이다. 몸을 잘 다루려는 마음은 늘 기분에 짓눌려 나는 아직도 29년 붙잡고 지낸 내 몸을 잘 모른다. 춤추듯 살고 싶지만, 내 마음은 몸에 갇힌 양 무겁고 나와 데면데면하다. 나 자신이 스스로 영혼의 감옥이고 만다. 우리는 중력에 굴복해버렸다. 몸은 자주, 내가 감각하는 것과 다른 모습을 한다. 머리부터 발끝까지 조금씩 삐뚤어진 내 몸을 원하는 위치에 정확하게 두기 위해서, 제때 원하는 대로 쓰기 위해서 몸과 정신의 화해가 시급하다. 상상해 본 적 없는 자세를 하고 새로운 모습으로 거울을 자주 들여다본다. '이게 내 몸 구석구석 생긴 꼴이고, 오른손을 뻗으면 이 느낌은 어떤 모양이고.'

　　마음이 말을 듣지 않을 땐, 몸을 가만가만 흔들어본다. 몸에 집중하면, 취하라는 동작을 하나하나 따라가기 급급하다 보면, 머릿속에 가득 차 있던 것들이 하나씩 몸의 필요에 의해 자리를 내어주고 떠난다. 해결된 것은 하나도 없지만 마음이 담긴 몸의 실루엣에 근육이 붙는다. 몸을 가누는 힘이 마음에도 닿아서 안과 밖, 나를 바닥으로 끌어당기는 힘에서 조금 더 자유로워진다. 나는 여전히 그 자리에, 바뀐 것은 하나도 없지만 전부 바뀐 기분.

다른 경로를 추천합니다 —————

그녀는 내 책 만들기 수업 첫 수강생이다. 연극하러 상경해 온갖 변수에 부딪혀가며 살아온 그녀는 지금은 요가 선생님으로 일하며 글을 쓴다. 연극 연출에도 여전히 열정을 가지고 있다. 한동안 요가에 불이 붙었던 나는 친구들과 랜선으로 함께 요가를 하곤 했는데, 그녀도 우리 집에서 같이 해보고 싶다기에 초대했다. 우리가 처음 만났을 땐 그녀의 강한 에너지가 부담스러웠다. 신기하게도 지금은 그 에너지를 곁에서 느끼면 나도 기운이 나서 그녀에게 그 변화를 이야기했다. 전엔 감당할 수 없는 에너지라고 생각했는데 지금은 든든하고 힘이 된다고. 그녀는 "그때는 제가 붕 떠 있었던 것 같아요."

라고 답했다. 서울에 막 올라와 분투하던 때와 여전히 분투 중임에도 중심을 잡아가는 날들의 분위기는 사뭇 다르다. 물론 나도 그때와는 다른 사람이겠지.

타인에게 호감을 갖는 이유두 변한다. 내기 비라는 이상적인 삶의 형태가 달라지기 때문인지도 모르겠다. 우리는 그때와 너무 달라진 덕분에 인생의 시계가 이제서야 겹쳐 함께 할 수 있는 것인지도 모른다. 그녀와 침대에 나란히 누워 이야기를 나누다 잠들기 직전 휴대폰을 확인했을 땐 새벽 다섯 시 반이었다.

함께 요가를 한다고 했지만, 아무래도 내 자세를 봐주고 싶었는지 그녀는 내가 요가하는 모습을 계속 확인하며 동작들을 나에게 맞게 바꿔주었다. 영상 속 선생님이 만드는 모양이 꼭 내 것과 같을 필요 없다는 사실을 알려주고, 미묘한 모양을 하는 손과 발의 위치를 섬세하게 잡아준다. 몸의 움직임을 이야기하다 보니 자연스레 내 몸이 화두가 됐다. 오른팔이 안 좋아 특정 동작들은 따라 할 수 없는데, 요가뿐 아니라 다른 운동에서도 제약이 많고 일상생활에서도 조심스럽다. 몸에 소극적인 태도를 장착하면 그 부위 주변으로 영향이 옮겨 간다. 위축된 상태로 오랜 시간이 지나 근육이 굳는다.

그녀는 내 하소연을 주의 깊게 듣곤 여러 동작을 제안한다. "이렇게 하면 어때요? 이렇게는 되나요? 이렇게는 할 수 있어요?" 하며 내 오른팔을 여러 방향으로 움직이게 했다. 마침내 어떤 방식으로는 도달할 수 없던 자세를 다른 경로를 통해 만들어냈다. 마치 지도상에서 직선거리로는 갈 수 없는 곳에 몇 차례 꺾어서 도달하듯, 한 번에 가진 못했지만 몇 번 비틀어 같은 값을 만들어냈다.

익숙한 길이 아니어도 가고 싶은 곳에 갈 수 있다. 추천 경로에 다양한 옵션이 있듯, 나를 중심에 두고 다시 한번 방향을 잡는다. 그날의 접근법이 나에겐 새로운 세상을 열어주었다. 단순히 팔을 다른 방향으로 꺾으면 어려웠던 자세를 해낼 수 있어서는 아니다. "아 이 길이 그 길이었어?" 하고 허탈한 웃음을 짓던 순간처럼, 사실 이렇게 가까이에 내가 원하는 답이 있음을 깨달았기 때문이다. 생의 진수를 더듬어가는 데에 정도는 없다. 남들이 쉽게 해내는 그 길이 나에게는 어려울지라도, 그 막다른 골목에 계속 부딪힐 필요는 없다. 더 오래 걸릴 거라 생각했던 길이 막상 그리 멀진 않을 지도 모른다. 그 길의 풍경이 생각보다 좋을 지도. 머리로 이

해하는 것과 몸으로 느끼는 것은 다르다. 오늘 오른팔
이 새로 알게 된 길이 내 마음에도 새로운 길을 낸다.

뭐가 되려고 ────────

한번 보기 시작한 것들은 정주행한다. 집중하기도 대충 훑어보기도 하면서. 해리포터 마라톤은 물론, 반지의 제왕 같은 짧은 영화 시리즈부터 시작해 워킹데드, 프렌즈 같은 장수 시리즈까지, 시간은 문제가 되지 않는다. 몇 번, 십몇 번씩 돌려보기도 한다. 봤던 걸 보고 또 보는 성격이구나 하기엔 새로운 영화와 드라마에 쏟아붓는 열정도 지나치다.

가끔 드는 생각은, '이 시간은 뭐가 될까.' 뭐가 되긴 할까. 뭐가 되려고 이러는 걸까. 몇 번이고 돌려본 장면들, 다 알면서도 뚫어져라 들여다본 이야기들은 어떻게 쌓여서 무엇이 될 수 있는 걸까. 보이지 않는 것들을 쌓아갈 때엔 믿음과 불안이 번갈아 온다. 알게 모르게 이미 나의 삶을 그들이 구성하고 있을 거라는 생각과 이 모든 것이 이미 소중한 시간과 함께 증발해버렸을지도 모른다는 생각.

분명 수많은 대사와 그 안의 인물들이 내 안에 남았을 것이다. 그래야만 한다. 인생사 수만 가지의 시뮬레이션을 머릿속에 꾹꾹 눌러 담은 것이다. 그게 일일이 이유를 따질 필요 없는, 따질 수도 없는 내 언어다. 글이고, 표정일 것이다. 기억조차 나지 않는 이름들과 그들의 생로병사를 보고 느끼며 인생의 방향을 조금씩 틀어 지금 이 자리다. 불안은 그저 기분 따라왔다 가는 거라고 생각하고 만다.

진짜 보다 좋은 가짜 ————————————

　　다시 치과에 다녀왔다. 임시 치아를 빼고, 정식 치아를 끼우기 위해서다. 진짜 치아라고 하려고 했는데, 생각해 보니 이것도 진짜 치아보다 튼튼하고 매끄럽게 생겼다는 것만 빼면 임시이고 가짜 치아라 정식으로 사용하게 되었다는 의미를 담아 정식 치아 정도가 적당하겠다. 임시 치아를 빼니 혀끝으로 조그맣게 다듬어진 진짜 치아의 거친 표면이 느껴진다. 유치도 아니고 이렇게 작을 일이람. 공포 영화 속 닫힌 문을 열어 보는 주인공의 심정만큼이나 작게 갈린 치아를 보고 싶은 마음이 들었지만, 눈으로 확인하고 나면 저릿한 고통이 느껴질 것만 같아 엄두가 나지 않았다. 인간이란 이미지나 기억만으로도 쓸데없는 환상통을 불러일으킬 수 있으니까. 관객들이 보지 말라고 소리지를 때 그만두는 것이 정신 건강에 좋다.

내 몸에서 키워낸 치아보다 단단하고 선능 좋은 55만 원짜리 크라운을 거울로 확인했다. 솜씨 좋은 기술자가 어쩜 이렇게 딱 맞게 만들어 줬는지, 원래 그 자리에 있던 것만 같다. 게다가 여기저기 상한 진짜 치아에 비해 어디 하나 모난 구석 없이 매끈매끈. 얼마 전 정주행한 로보캅이 생각난다. 신체 대부분이 내 것이 아니라고 해도, 정신과 감정이 여전하다면 나는 나일까. 로보캅이 가진 뇌는 영화 내내 우리가 그를 어떻게 바라봐야 하는지 판단하게 만든다. 이 치아는 과연 내 것인가. 간 이식을 받고 평생 면역억제제를 먹으면 그 간은 내 것인가. 내 몸을 구성하는 것들을 하나하나 바꿔 간다면 어디까지가 나고, 어디서부터 내가 아니게 되는 걸까. 물론 내 정신을 유지하는 한 나는 나일 거라고 답할 것이다. 하지만 이번엔 웬 스릴러 영화가 나의 판단을 흐리게 한다. 남의 몸을 빼앗아 내 정신을 심고 평생 젊은 몸을 유지하며 산다면....

임플란트 한 사람의 치아 엑스레이를 보면 잇몸에

나사가 끼워져 있다. 나는 아직 임플란트를 하지도 않았는데, 이를 갈아끼운 치아 엑스레이를 보는 것만으로 마음 한 켠이 답답해진다. 일상생활에 전혀 문제없고 오히려 기능이 120%로 향상되었는데도 썩 만족스럽지 않다. 라섹한 두 눈도 마찬가지다 나에게서 온전하지 못한 것들을 마주할 땐 풀 수 없는 작은 죄책감이 따라붙는다. 몸은 편해지고 마음은 불편해진다. 어디가 아프고, 좋지 않다는 사실은 노화하는 신체를 가지고 계속 나이를 먹어야 하는 현실을 꼬집는다. 점점 심해지는 숙취도 현실, 일으키기 어려워지는 무거운 몸도 현실, 하나둘 선명해지는 주름도 현실. 이 몸을 가지고 어떻게 앞으로 계속 살아갈 것인가 셈하고 수명을 가늠하는 날들.

기억하지 않은 것들 ────────

    유투브 방송 <트러블러>에서 개그맨 이용진이 한 강에서 만난 초등학교 4학년에게 물었다. "너는 언제가 가장 최초의 기억이야? (내가 기억하지 못하는) 어린 시절의 기억은 어디로 갔을까?" 아이는 답한다. "너무 어려서 소중하지 않다고 (생각해서) 버렸나?" 어려운 표현이라 조금 어눌하게 말하지만, 너무 어려서 판단력이 없었을 테니 소중한 지 몰라서 잊어버렸나? 하는 것이다.

    내 최초의 기억은 무엇일까 생각해 보았지만, 역시 그땐 소중한 줄 몰라서 버렸나? 하는 생각에 뭉클하다. 아주아주 어린 시절에, 내 의지로는 도저히 기억할 수 없는 것을 제외하고서도. 나는 지금이, 그때가, 소중한 줄 모르고 얼마나 많은 걸 버리고 잊어왔을지 가늠하려는 시도조차 겁이 난다. 다만 아이의 답에, 나는 그 시절의 나를 탓할 수 없다는 위안을 받는다.

우리는 늘 아무것도 모르고, 가장 최선의 앎으로 내일을 살아간다. 그 마음으로 나는 오늘을 지나는 나를 탓하지 않을 수도 있을 것만 같다. 지금의 나는 미래의 눈으로 큰 그림을 보는 게 아니라 오늘의 나라는 이 작은 조각만으로 최선을 다해 살 뿐이니까.

사람도 취미가 되나요? ─────────

　　2016년 말에 처음 취업했을 땐 옷을 엄청 샀다. 매일 새 옷을 입었고 집으로 택배가 매일 같이 왔다. 또 택배 왔다는 가족의 말에 무안했고 딱 그 개수만큼 나는 불행한 것 같았다. 하고 싶지 않은 일을 하는 대신 옷을 사는 게 내가 바라는 일은 아닌 것 같아 그만두고 책을 만들었다.

　　2017년에 다시 직장 생활을 할 때 일은 조금 더 편해졌지만 여전히 돈 쓰는 거 말고 할 일이 별로 없어서 글 쓰는 일에 매달렸다. 혼자 쓰고 만족하는 괴짜 같은 취미는 혼자만의 시간과 공간을 잘 꾸려나가는 다른 사람들을 궁금하게 만들었다. 조용한 방에서 자기

만의 취미를 즐기는 사람들을 동경했다. 어깨너머 동냥한 취미 생활이 음악 듣는 일이었다. 나보다 네다섯 살많은 그들의 취미를 알면 알수록 새로운 세계로 편입하는 기분에 즐거웠다. 싸구려 이어폰으로도 그럭저럭 살아가던 내가 해외 직구로 방바닥이 붕붕 울리는 스피커를 구하고 얼마 지나지 않아 턴테이블을 샀다. 회현 지하상가에서 절판된 변진섭 1, 2집을 구해왔다. 매달 통장에 그럴듯한 액수의 돈이 들어와서 원 없이 음반을샀다.

2018년에는 새로운 취미가 생겼다. 사람도 취미가 되는 걸까. 그 사람이 틀어주는 음악이 그대로 내 취향이 되는 시절이었다. 그와는 일곱 살의 나이 차이만큼 다른 음악을 들었고, 나는 그 다름을 사랑하게 됐다고 믿었다. 그는 현상 너머의 이야기를 좋아했다. 음반이 가진 스토리, 브랜드가 가진 역사와 의미 같은 것들을 듣고 있으면 내가 조금 더 선명한 세상을 사는 기분이 들었다.

2019년 그와 헤어진 뒤에 그가 갖고 있던 음반이다시 한번 한정판으로 재발매 된다는 소식에 예약 구매까지 했지만 잘 꺼내보진 않았다. 내 손에 쥐어도 내 것 같진 않았다. 그 앨범이 꼭 그 사람 같기도 했다. 그가 주고 간 것을 자유롭게 즐긴다는 말을 할 순 없을 것 같았다. 일 년 반이 지났을 무렵 그가 돌아왔다. 예정되어 있던 것 같던 또다른 끝은 전보다도 미적지근했지만 지난 시간의 속박도 함께 느슨해졌다. 그림자는 사라지고 나는 이제 그 노래가 남의 것 같진 않다.

식욕이 돌아왔다 ————————

매일 글을 쓰면 일주일에 한 편의 글을 쓸 때보다 당장의 나에게 집중하는 것 같다고 느낀다. 달리 말하면 오늘의 글이 오늘의 나에게서 벗어나지 않는 기분이기도 하다. 매일의 이야기에는 꼭 그래프처럼, 감정이 깊어졌다가 옅어지는 기복이 그대로 담긴다. 며칠 동안 지난 불행을 곱씹었다. 눈물 쏙 빼 말라비틀어진 줄로만 알았던 기억에선 여전히 슬픔의 진물이 새어 나왔다.

엄마를 만나러 가면 눈물이 날 것 같았지만 엄마를 보면 좋겠다고 생각했다. 모르긴 몰라도 고양이도 보고 오면 기분이 나아질 것이다. 여느 때와 같은 날들일 뿐인데 그늘이 내려앉는다. 내가 가지지 못한 것, 혹은 지키지 못한 것에 대한 두려움이 찾아 들었다. 삶이 무너지려 할 때 나는 늘 과거로 돌아간다. 그게 너무너무 좋고 중요한 거였으면 어떡하지, 내가 모자라서 그걸 놓친 건 아닐까. 지난 선택을 의심한다. 모든 결정을 내 뜻대로 할 수는 없었지만 그래도 내가 더 좋은 방향으로 이끌 수 있지 않았을까. 과거로부터 이어진 나는 오늘의 내가 후회의 산물 같다.

집에 도착해 먼저 고양이를 쓰다듬고, 같이 사진을 찍는다. 엄마 옆에 앉아 한참 수다 떨다가 요즘 그런 생각을 한다고 말했다. 그런 슬픈 생각. 거두절미 하고 엄마는 착하게만 살라고 했다. 나는 수긍했다.

"응, 나는 별로 안 착하니까...."

다 가질 수 없으니까, 편하게 살고 싶으면 일이든 인간관계든 부담 갖지 말라고. 그러니까 나는 편하게 살고 싶어서 일이든 관계든 선택해오면서도, 다가오지 않은 미래를 걱정하느라 편하게 못 산다. 엄마는 늘 열심히 살려고 노력하지 않아도 된다고 말했다. 힘들면 힘들게 살지 말라고. 너무 당연해서 말이 될 수도 없는 그 말을 들으면 또 이 나약한 마음은 얼마나 위안을 받는지. 기대에 못 미치는 인간이 된다고 나를 몰아붙일 필요는 없다.

타인의 기준에 자주 흔들린다. 그들이 제시한 걸 못 지켜서, 안 지켜서 뭔가 잘못된 건 아닐까. 이미 손 쓸 수 없이 물이 가득 차 가라앉고 있는 줄도 모르는 건가? 내가 좋은 사람이 아니어서 돌이킬 수 없는 관계가 생기는 걸까. 나는 나쁜 사람인가? 불행의 증거를 찾으니 나를 의심하고 죄인은 식욕을 잃는다. 배가 고픈데 먹고 싶은 게 없다. 들여다보니 식욕보다 입맛이 문제다. 맛있는 게 없다. 감정이 수면 아래 잠기면 모든 감각이 무뎌진다. 맛없으니까 아무것도 먹을 수가 없어서 배는 고프고 기운은 없고 자꾸 졸린다. 나 같은 사람은 어디서 경력을 쌓느냐 말이 여기서 떠오른다. 식욕이 없는데 어떻게 먹고 기운을 내란 말이야.

엄마는 그냥 내가 내키는 대로 살아도 좋으니 행복하길 바라는 것 같다. 물론 미풍양속을 해치지 않는 선에서, 착하게. 큰 성공을 바라는 거라면 말리지 않겠지만, 소소한 행복으로 충분하다면 엄마와 아빠도 그걸로 충분하다고. 나는 무거운 마음과 미래의 부담을 엄마에게 맡기고 집으로 돌아왔다. 그날 밤엔 왠지 내일 뭐든 새로운 걸 할 수 있을 것만 같았다. 물리적으로 바

낀 것은 하나도 없는데, 전날과 다른 기분으로 잠들었
다.

　　일어나니 입맛이 돌았다. 신 김치로 끓인 김치찌개
에 밥 한 공기를 먹었다. 신기하네. 이게 들어가네. 물리
적으로 똑같은 일이 멋대로 내켰다가 안 내켰다가 하는
게 신기하다. 몸과 마음이 하나라는 일만이백 개 하고
도 첫 번째 증거를 발견한다. 행복해도 된다는 말을 듣
고 김치찌개가 들어가는 것이다. 그럴듯한 증거가 생긴
다고 겁을 내는 마음이 씻은 듯 아무렇지 않아지는 것
은 아니다. 이제 김치찌개를 먹을 수 있게 된 것뿐이다.
하지만 그걸로 충분하다.

여행지에서 산다는 것 ────────

강원도 평창의 리조트에서 열린 학회에 일주일 동안 운영진으로 참석했지만 나는 들뜬 주변의 분위기와 상관없는 사람이었다. 워터파크도 가지 않고, 스키도 타지 않는다. 거추장스러운 스키복, 빨갛게 상기된 얼굴과 덜그럭 거리는 스키화를 신고 돌아다니는 사람들, 편안한 옷차림을 하고 볼링장이나 노래방으로 향하는 가족 단위의 리조트 숙박객 사이를 걷는다. 노트북을 들고 호텔과 숙소를 왕복하는 나는 하루에 오 분도 안되는 시간만 겨우 눈을 밟는다. 숙소의 넓은 창은 스키 슬로프 방향으로 나 있다. 심야에도 스키를 타는 사람들로 창밖이 환해 나는 반대로 돌아 눕는다.

학회에 참여하며 리조트에 머무는 사람들을 상상했다. 이곳의 들뜬 분위기와는 사뭇 다른 나날을 보내는 사람들이 차례로 떠오른다. 리조트에서 주말마다 출장 예배를 보는 목사, 겨울 내내 스키 학교에서 아이들을 인솔하는 대학생 스키 강사, 모바일 앱과 자동화로 점점 사라져가는 매표소 칸막이 뒤의 사람. 모두가 들렀다 떠나는 곳에서 한 계절을, 몇 년을, 평생을 나는 사람들의 마음이 궁금했다.

드라마 <오자크>에서 휴양지 오자크로 이사온 주인공 가족의 딸은 첫 여름, 리조트에 놀러 온 남자와 마음을 나눈다. 나눈 줄 알았던 마음은 다음 날 말도 없이 떠난다. 오자크에서 만난 또래 친구는 "그들은 떠나는 사람, 우리는 남는 사람."이라고 말한다. 반대 입장이 되어 보는 건 어떤가. 회사 밖 프리랜서가 된 나는 평일 낮에 거리를 활보하고, 출퇴근 시간의 대중교통을 이용하지 않는다. 한낮의 길거리와 대중교통은 회사를 다닐 때 보았던 것과 전혀 다른 공간이 되고 만다.

나의 제주도와 친구들이 상상하는 나의 제주도는 같은가. 일상이 되어버린 제주도가 나에게 어떤 의미인가 생각해본다. 맑은 공기, 바다와 한라산이 보이는 집에서 나는 창밖을 바라보지 않고 노트북 모니터에 띄운 창 여러 개를 해결하고 있을 뿐인데도 이건 부러움을 살 일인가. 일반과 상상의 범위를 다르게 가지고 산다는 건 다소 곤란한 일이다. 그 괴리는 설명할 수 없고, 서로에게 이해받지 못하는 사정은 늘어 간다. 부러움을 사려던 것이 아닌데. 그냥 하는 말이라도 가끔은 그런 말을 들어야 하는 것이 억울할 때가 있다. 부러움을 살 만큼 특별하거나 안정된 날을 보내고 있지 않은데도 부러움을 받으면 나만 삶의 어둠을 모르는 철부지가 된 것만 같아진다. 그 말을 하는 대신 내가 가진 삶의 나쁜 점마저도 떠안겠느냐고 묻고 싶다.

괴리 속에 사는 것은 편한가. 리조트에는 쉬러 가는 것이, 카페에는 커피를 마시러 가는 것이, 회사에 일하러 가는 것이 부러운 날들이 찾아올 때마다 스스로에게 묻는다.

사실 이것은 건강에 대한 이야기다 ————

"이게 사기인지 아닌지 알려면 해봐야 하지 않겠어
요."

하고 사기를 당한다. <고독한 직업>이라는 책에
나온 에피소드다. 어떤 이가 '사기를 당하고 말 것인가'
의 초입에 서있다. 그는 사기인지 아닌지 알기 위해 뛰어
든다. 그를 보는 나는 당황하고 만다.

어떤 호기심은 사기를 당할 때까지 그 흑막을 알
기 위해 몸에 석유를 끼얹는 모험을 감수한다. 그렇다
면 호기심은 위험한가, 그저 한 번뿐인 인생을 즐기기
위한 장치인가.

요즘은 '한 번뿐인 인생'으로 시작하는 문장을 자

주 생각한다. 조금 불행하기 때문이다. 인생은 한 번뿐 그냥 즐기가는 뉘앙스의 여러 문장을 주문처럼 외운다. 친구와는 우주 먼지 주제에 걱정을 사치라는 대화를 나누며 웃곤 한다. 너의 고민과 불안 앞에 넌 우주 먼지에 불과하다고 현실을 우스꽝스럽게 만들어준다. 삶을 고행으로 만들기엔 나의 존재가 너무 조그맣다.

인생이 사기인지 아닌지 알려면, 이 감정이 가짜인지 아닌지 알려면, 하고 싶은 건 해보는 게 낫다. 나을까? 삶에게 배신을 당한 뒤에도 이 태도를 후회하지 않을 수 있을까. 사기라는 말로 마음을 자극하지만, 사실 후회에 관한 이야기다. 삶이 단짠단짠을 반복한다는 데서 이미 두 손 두 발 다 들었다고 생각했는데도 아쉬움은 늘 내 몫이다.

사실 감정에 대한 이야기다. 아침에 일어나 쏟아지는 햇살에 기분 좋았다. 따듯한 나무 데크를 맨발로 밟다가 신발을 신고 마당에 나가 잔디 위를 걸으니 바삭하게 마른 갈색 잔디가 소리를 지른다. 생각해 보니 다 괜찮을 것 같았다. 이런 삶이라면 조금 부족해도, 뭔가 완성하지 않아도, 쫓지 않아도. 포기해도 슬프지 않을 것 같았다. 오후에는 날이 궂었다. 바람이 세게 불어 추웠다. 추운 만큼 기분이 싸늘했다. 아무것도 하고 싶지 않아졌다. 내가 미웠다. 햇살 하나에 울고 웃는 상황이 이해가 안 가서 내가 미웠다. 포기가 안돼서 슬펐다.

사실 변덕에 대한 이야기다. 오늘 나는 인생이 사기든 아니든 상관없었다가, 인생이 사기일까 봐 무서워졌다. 날씨 같은 인생을 살게 될까 봐 겁이 난다. 사랑한다는 말이 금세 그땐 그랬고, 지금은 아니라는 말로 바뀔까 불안하다. 오늘은 성공했다가 내일은 실패하는 일이 싫다. 그 모든 선호를 뒤집는 나의 변덕이 걱정이다. 날씨 같은 기분에 지지 않고 살아갈 순 없을까.

미야자와 겐지는 <비에도 지지 않고>에서 말한다.

"비에도 지지 않고 바람에도 지지 않고 눈
에도 여름 더위에도 지지 않는 튼튼한 몸으로
(...)."

그러니까 사실 건강에 대한 이야기다. 나에게 지지 않는 사람이 되기 위해, 사기인지 아닌지 뛰어들기 위해, 변덕에 유연한 사람이 되기 위해 몸을 잘 챙겨야 한다는 이야기다.

이해할 수 없는 것을 내버려 두는 ———

　화면이 깨지듯 요란한 며칠에 밤을 새우고 오후 세 시 반에 드디어 침대에 눕는다. 집 안은 불을 켜지 않아도 환했지만 더 깨어있을 순 없었다. 전날 오전 열한 시에 일어난 뒤에 침대에는 처음 누웠다.

　작은 숨소리가 들리는 고요는 얼마 만인지. 외주 기사를 밤새 썼다. 한 번도 써본 적 없는 기업 분석 기사에 고료보다 많은 품을 들이고 있다는 생각이 들면서도 불안했다. 원고를 조금 더 빨리 써야겠다고 생각했지만 마감 하루 전날에야 마침 많은 것이 막을 내려 시간이 났다. 하루만 늦어졌어도 기사를 쓸 수 없었을 거란 생각도 들었다. 새벽에서 아침을 지나 한낮에야 원고를 보내고 침대에 누웠다. 왼쪽으로 누워 자연스럽게 눈앞에 툭 떨어진 내 손을 보며 그만큼 마음을 편하게 툭 내려놓는다. 아주 작은 내 숨소리가 들린다.

운영하는 모임들 마지막 회차가 있어 주말 내내 사람들과 밤을 보내느라 진이 빠졌다. 그 사이에 나를 괴롭히던 사람과도 끝을 맺었다. 이유를 알 수 없는 괴롭힘을 당하며 늘 정신이 산만했다. 그 사람을 이해하기 위한 생각이 꼬리에 꼬리를 물었다. 아무래도 이해할 순 없었다. 이해할 수 없는 걸 파고들다 보면 결국 나에게서 문제를 찾는다. 내가 확실하게 알 수 있는 것은 나밖에 없는 것 같으니까. 나의 작은 흠을 찾아 그것 때문이 아니었을까, 모자란 생각을 한다.

친구는 이해하는 순간 그와 같은 사람이 되는 거라고 말했다. 이해할 수 없는 걸 이해할 수는 없는 거라고, 상식 밖 행동을 하는 사람을 이해한다는 건 나도 그런 행동을 할 수 있는 사람이 되는 것과 같지 않으냐 한다. 글쎄, 그건 몰라도 나는 그 사람을 미워해야 하는데 미워할 수가 없었다. 서로 미워했으면 그만인데, 이해할 수 없으니 미움 대신 연민과 걱정에 사로잡혔다. 대수롭지 않게 무시할 수 있다면 괴롭지 않았을 텐데. 친구는 늘 내가 스스로에겐 엄격하고, 타인에겐 너그럽다고 했다. 왜 자신에게서 티끌 같은 흠을 찾으면서 타인을 이해하려 노력하냐고.

이해할 수 없기 때문에 이해할 수 없을 뿐인 것들을 오래 생각한다. 그런 성격 탓에 글을 쓰기로 마음먹었는지도 모른다. 문장 끝에 이해가 있길 바라며 펜을 잡고 살겠다 마음먹었나, 그랬었나. 친구는 다시 한번 너는 상상력이 좋은데, 나쁜 상상을 너무 잘해서 탈이니 차라리 상대에게 나쁜 상황을 상상해 보라고 한다. 나는 그저 이번만큼은 이해하지 않는 것으로 이 이야기를 끝내기로 했다.

내 숨소리를 듣는다. 이해할 수 없는 것을 그 자리에 두고, 나의 감정은 그곳에 두지 않는 것. 내 작은 숨소리에 집중한다.

균형 괴벽

이를테면, 실수로 오른 신발을 끌면 왼쪽 발뒤꿈치도 똑같이 끌어주지 않고는 못 배기는 것. 왼쪽이 하는 일을 오른쪽도, 오른쪽이 한 일을 왼쪽도 비슷하게 겪어야만 넘어갈 수 있는 괴상한 마음.

억지 균형을 맞춰야 한다는 강박이 어디에서 시작하는지 알 수 없다. 초등학생 때부터 몸이 틀어졌다는 사실을 인지하고 있었기 때문에 오른손이 한 일을 왼손도 알아야만 하는 사람으로 큰 건지도 모른다. 근원이 불분명한 마음은 나와 나 사이의 괴상한 벽처럼 느껴진다. 대체 왜 한쪽 신발을 끌면 다른 쪽도 끌고 싶어지는 거야? 명확하지 않은 것들은 내 것이어도 늘 어렵다. 같은 쪽 손과 발이 동시에 앞으로 나가는 것만큼이나 어리숙해지는 기분이다.

균형은 좋은 말이다. 좋은 시도처럼 느껴진다. 지나치지 않으며 사려 깊고 합리적이다. 언제나 균형을 잡기 위해 노력하는 것이 더 나은 선택처럼 여겨진다. 정말 그런가? 균형은 어쩌면 이도 저도 아닌 일이고, 나를 엄격하게 절제하는 마음이다. 모난 구석 없이, 특출나지 않은. 특별한 인간이 되어야만 하는 것도 아니지만.

위태로운 균형 잡기는 그만두고 어긋나고 싶어지는 마음. 한쪽으로 치우쳐서 이성적이지 못한 사람이 되어도 괜찮지 않을까 싶은 호기심의 영역. 균형은 위안을 주지만 그 안정감을 언제까지나 지켜내야 한다고 생각하면 삶이라는 여정이 거칠고 모래사막이다. 잘 사는 것은 무엇인지 질문을 던진다.

괴벽의 이유를 굳이 찾을 필요는 없다. 강박적인 균형의 욕구가 잘 살기 위한 조건이 아니듯 나를 전부 이해하는 게 숙제는 아니다. 균형을 맞추려는 반사 작용에의 욕망과 관계없이 나는 어느 쪽으로 가고 싶은지에 집중한다. 원하는 삶의 방향이 있다면 균형의 장점 같은 건 떠올리지 않는 것이 낫다.

미워해야 산다면 ─────────

누군가를 미워하는 건 늘 쉬운 일이 아니었다. 싫
어하는 마음은 좋아하는 것 이상의 에너지가 필요해서
나는 미워하는 일이 무서웠다. 미워하는 건 난데 내가
더 아플 테니까. 어두운 마음은 끝없는 수렁 같다.

미워해야 하는 사람이 생겼는데 영 미워지지 않아
힘들었다. 왜 밉지 않았는지 알고 있다. 나는 나를 미워
했다. 내가 미운 나에게 나보다 못난 사람은 보이지 않
는다. 무슨 일이든 내 작은 실수가 흠이 되어 이런 일이
생긴 것 아닐까, 나는 티끌 같은 자신의 잘못을 찾으려
고 혈안인 사람이 된다. 내 삶이 마음에 들지 않았으므
로 나쁜 일의 원인은 나에게 있을 것이 분명했고, 내 인

생은 왜 이럴까 싶은 마음에 괴로웠다. 화살을 타인에게 돌릴 힘이 없었다. 나를 아끼지 않는 사람은 타인을 미워할 수 없다.

미워할 줄도 알아야 한다. 미워하는 마음이 나에게 가르쳐주는 삶의 어둠이 있고, 어둠 속에서 비로소 보이는 빛도 있다. 내 세계에서는 나 대신 미움을 받아야 하는 사람도 있는 법이다. 주변에서는 너에게 너그러워지라는 말을 한다. 이해할 수 없는 것을 네 탓으로 만들어서 이해해 내지 말라고. 나는 그 말들이 고마웠다. 처음엔 내 잘못이 아니라고 말해주는 친구가 있다는 것이 좋았고, 드디어는 나 스스로를 벌주고 싶어 하는 마음이 티끌만 한 흠을 찾아 맹목적으로 굴었다는 걸 깨달았다. 나의 고행을 위해 타인의 죄를 사하려고 애쓸 필요는 없었다. 이제는 이해하지 않고도 살 수 있다.

아침에 눈을 떴는데 슬프지 않고 화가 났다. 화가 나서 기분이 좋았다. 이제는 그 사람을 미워할 수 있다. 나는 내 잘못이 아니라는 더 많은 증거가 필요했는지도 모르고, 그 일과 별개로 나 자신을 다시 좋아할 여유가 필요했는지도 모른다. 한참이 지나고서야 화가 난다니 뒤늦은 변덕이지만, 드디어 내가 나를 좀 좋아하는 것 같아 기분이 한결 편안했다. 나를 위해서 화를 낼 수 있게 되었으니까. 내 일상을 어지럽히고 사라진 사람의 잔해를 멀거니 지켜보는 일이 끝났다.

나는 미워해야 살 것 같았는데, ㄱ 사람은 미워하는 마음에 사로잡혀 주변을 상처 주고 구차하게 본인을 갉아먹었을 테다. 알고 있다. 미워하는 마음의 고삐를 잡기가 얼마나 어려운지. 얼마나 악독하면서도 처량한지. 그래서 미워하기 어려웠다. 불행한 사람을 미워하는 것도 쉽지 않다. 내가 그때 얼마나 불행한 삶을 살고 있는지 알았다면 그 사람은 나를 안 미워했을까. 아마 어떤 이유를 대서라도 싫어하기야 했을 것이다. 구제불능의 상대는 더 이상 시야에 들어오지 않는다. 나는 전의가 생기자마자 전의를 잃었고, 속으로 몇 번쯤 비속어를 장난스레 반복하고 나니 오히려 그전부터 몸집을 키워오던 슬픔을 멀거니 바라보는 일이 이 사건을 계기로 함께 끝났다는 걸 깨달았다.

잘 미워할 수도 있는 법이다. 방향을 제대로 잡은 미움은 빠르게 소멸한다. 폐허가 된 모난 마음과는 다르게.

예민하지 않은 사람 ──────

나에게는 복잡한 구석이 있다. 오래 생각하고 오래 기뻐하고 오래 앓는다. 무엇이든 깊고 길게 패이는 나의 하루는 끝도 없이 늘어나고, 한 가지에 갇히면 다시 무엇보다 짧아진다.

편하게 살면 안 되겠냐는 그의 말에 단순한 사람이고 싶었다. 내 성격이 자꾸만 내가 좋아하는 것들과 나의 사이를 멀어지게 한다는 생각에, 복잡한 나를 쉽게 사랑하기는 힘들었다. 내가 아끼는 사람이 나의 일부분을 받아들일 수 없다는 사실에 내 목소리가 작아졌다.

나는 아빠에게 달려가 이 복잡함을 내려놓고 싶다

고 엉엉 울었다. 아빠는 나를 물끄러미 바라보다가 입을 뗐다. 예민한 너와 그렇게 다투며 살아오고 이제 와 네가 예민하지 않다면 그게 너일 수 있겠느냐고. 자신에게서 벗어날 수 없는 괴로움은 어쩔 수 없지만, 그런 점들을 빼면 네가 아니게 되지 않겠냐고.

그 말을 듣고 처음으로 어떤 용기가 샘솟았다. 나의 예민한 태도와 복잡한 심경을 나 자신도 간단하게 받아들일 수는 없지만, 나를 바꾸지 않고 여전한 모습으로 살아갈 수도 있지 않을까. 그런 마음을 주는 사람과 함께 하고 싶다고. 나도 사랑하는 사람들에게 '당신, 그대로 괜찮다'는 믿음을 주고 싶다고.

빛 번짐

라섹 수술을 할 때 의사 선생님은 여러 부작용을 설명하며 그중 한 가지로 빛 번짐이 줄어들 수도, 심해질 수도 있다고 말했다. 벌써 10년이 지난 일이지만 선생님이 그때 나에게 물었던 질문 "빛 번짐이 심한 편인가요?"에 뭐라고 답했는지 아직 기억난다.

"저는 그냥 제 눈에 보이는 것만 알고 살아와서, 이게 심한 건지 아닌 건지 잘 모르겠어요."

오늘은 밤 하늘의 달이 무척 맑아서 바라보다 문득, 그 주변으로 빛이 퍼져서 달이 선명하게 보이지 않는 것 같다는 느낌을 받았다. 10년 전 대화가 생각난 이유다. 다른 사람들 눈에는 저 달이 어떻게 보일까. 내가 평생 볼 수 없는 것, 평생 내 기준 이상으로 확인할 방법 없는 것들을 잠시 떠올려 본다. 신체 조건의 이유로, 감정과 감성의 이유로 절대 똑같이 느낄 수 없는 것에 함께 이야기 나누며 눈 감고 코끼리 만지듯 살아가는 우리는 정말 서로에게 열심이구나. 자꾸 쓰고, 말하고, 무언가 표현하고 읽어가면서 이 간극을 줄이기 위해 사는 것만 같다.

같은 것을 이야기 할 수 없다는 걸 알면서도 자꾸만 서로의 곁에 머물려는 마음이 하루는 차고, 하루는 뜨겁다. 이 믿기지 않는 삶의 광경을 믿었다가, 다시 믿지 않았다가.

일기

어제는 이상하게 '그냥' 잤다. 밤을 버티는 게 습관이 되어서, 도저히 일찍 자는 법을 잊어버린 사람처럼 살다가 오랜만에 그냥 잘 수 있었다. 한 시 반쯤.

나흘째 악몽을 꾼다. 매번 다른 등장인물이 나와서 나에게 나쁜 말을 한다. 일찍 잔다고 나아지진 않는다. 현실에서 나쁜 일에 시달릴 땐 꿈도 안 꿨는데, 오히려 안정적인 날들에 왜 악몽을 꾸는지 모르겠다. 사주도 해몽도 안 믿지만 이럴 땐 믿는 사람이고 싶다. 누가 답을 말해주면 좋겠기 때문이다. 욕먹는 꿈을 꾸면 장수합니다. 그럼 어쨌든 악몽이지만.

일찍 일어났지만 아침에 한 건 없다. 그냥 창문으

로 드는 이른 빛을 오랜만에 봐서 좋았다.

을지로에서 '사랑을 잊는 물, 망정수' 팝업을 시작했다. 예약하고 오신 분이 있어서 잊고 싶은 기억을 받고, 진지한 이야기를 나눴다. 나에게 관계에 두 개의 트라우마가 있다. 하나는 잊고 싶고, 하나는 잊고 싶지 않다. 종종 반대로 생각하기도 한다. 그래서 결국 잊을 수 없을 것이다. 잊고 싶다고 생각할 수록 기억은 생생해지기에. 마음이 또 변할 것을 알기 때문에. 서점을 보고 있는데, 한 손님이 몇 번쯤 고민하다가 내 책을 고르시기에 나도 고민하다가 "그거 제가 만든 거예요." 말했다. 마음을 먹고 용기 내는 일은 늘 좋다. 그렇게 시작한 대화에서 새로운 바람이 불고, 뻔하게 반복하는 세계에 또 다른 갈래길이 생긴다. 새로운 표정과 대화가 있는.

외주 작업이 잘 풀리지 않는다. 쉬운 것 같다가도 어렵다. 뚝딱 써낼 수 있을 것 같다가도 첫 단추부터 엉망으로 꿴 것 같다. 인생이 그렇다.

강연이라는 이름의 북토크 겸 수다회를 했는데, 이상하게 앞에 오신 분들 눈을 한 명 한 명 번갈아 바라보는 게 어렵지 않았다. 마스크 덕분인가. 사람들 표정을 읽을 수 있게 되면 똑바로 쳐다보기 어려울 것이다.

발가벗겨진 기분이 들고, 그들의 발가벗겨진 모습을 훔쳐보는 기분이 될 것 같다. 사람들한테 기록하는 삶 이야기를 했는데 나에게도 늘 어려운 일이다. 그러자고 말할수록 스스로 배수의 진을 치는 게 아닐까 싶다.

북토크는 강남에서 했다. 강남은 안 좋아하는데, 걱정하던 일을 해치우니 마음이 가벼워서인지 강남의 정취가 새롭게 느껴졌다. 복작복작한 인간 미로 같은 길을 걷는 게 싫었는데, 마치 거대한 도시를 숲처럼 느끼고 걷는 산책자가 된 기분이었다. 전에 없던 너그러운 마음이다. 강남이 싫은 게 아니라 인내심이 없는 나를 마주하게 만드는 상황이 싫었던 모양이다.

뒤통수에 무슨 표정을 하든 ─────

누군가의 뒤통수에 달린 표정을 상상하는 일을 오래 해왔다. 보여주는 얼굴이 아닌, 그 뒤를, 내가 영영 알지 못할 속내 같은 것을 자꾸만 상상하는 슬픈 버릇에서 잘 벗어나지지 않는 마음이 있다.

뒤통수에 무슨 표정이 있든 상관하지 않으면 어떨까. 보여준 그대로 알고, 보여주지 않은 부분을 내가 해석하고 해결해야 하는 것으로 만들지 않고 세상과 사이좋게 지내면 어떨까. 이면을 파헤치고 부정적인 의미를 찾아내려고 애쓰지 않고 보여주는 좋은 얼굴과 말을 그대로 받아들일 것. 나에게 오지 않은 상처와 어려움을 밝혀내지 않을 것.

탁구공이 되어 ——————————

　　오전 운동을 마치고 근처에서 일하는 선배를 만났
다. 벌써 십 년, 뜸할 즈음 만나는 술 친구인 그와는 오
랜 근황을 차곡차곡 쌓아간다. 요 몇 달을 어떻게 지냈
는지 서로에게 알려주다 요즘의 내가 으레 그렇듯 눈시
울이 붉어지다 눈물이 흘렀다. 휴지로 눈을 감추고 일
렁이는 감정이 멎기를 기다리는 동안 그는 멋쩍게 웃는
소리를 내곤 침묵하다가 "짜장면 안 시키길 잘했다. 짜
장면 먹으면서 우는 것보단 볶음밥이 낫지." 말한다. 나
는 여전히 눈을 가린 채지만, 입술을 길게 늘여 미소 짓
는다.

　　세종문화회관 앞 카페에 앉아 시간을 보내다가 현

대무용과 학생으로 보이는 사람들이 고운 시스루 한복을 입고 춤 연습하는 것을 지켜본다. '이런 게 익숙한가. 사람들이 지나다니는 데도 몸이 훤히 보이는 옷을 입고 춤 연습을 하네.' 몸에 대한 태도와 생각을 새로이 성렬하는 시기다. 운동을 하며 몸을 다루는 방법을 배우고 자주 사용해 보는 요즘은, 수치에 의존하기 보다 눈으로 확인할 수 있는 것과 스스로 느낄 수 있는 몸의 기분에 집중한다. 나이와 관계 없는 활기와 몸의 단단함, 유연성. 몸에서 자유로워지면 바깥의 시선에서도 자유로워지지 않을까. 춤을 추는 사람들이 가진 스스로의 몰입을 바라본다.

　　작업실로 돌아와 아침의 흔적을 정리하고 나니 지금 찾아가도 되냐는 연락이 왔다. 된다고 하자마자 문을 두드리고 들어온 상대와 바닥에 나란히 앉아 한참 햇빛을 쐬며 드문드문 대화를 이어나갔다. 오래 쓴 글을 묶어 만든 책과 향을 받았다. 한 손에 잡히는 그 책을 보며 그녀가 시간이 지날수록 이 책에 더 애정을 가질 수 있기를 바랐다. 나에게 내 첫 책이 그랬듯이. 서툴러서 부끄럽지만 그것마저 끌어안고 싶어지는 처음의 마음을 언젠가 느끼길 바란다.

변덕이 심한 근래의 날씨가 선심 쓰듯 맑은 날이었다. 낮이 오래도록 이어져서 바람에 흔들리는 풍경을 길고 멀게 바라 볼 만했다. 혼자였다면 그저 해야 할 일에 몰두하기 위해 주변을 무시하려고 애썼을 텐데.

밤에는 다리가 아주 많은 벌레를 잡고 잤다.

아침에 일어나 서울숲을 달렸다. 스쿠터를 타고 다리를 건너는 건 처음이라 자기 전에 휴대폰 화면 속 지도 위를 몇 번씩이나 달렸는지 모른다. 도로 위 고저를 확인하고 좌회전 장소도 보고 싶어 지도 거리뷰를 타고 도로를 따라 지났다. 무섭다는 말을 몇 번씩 되뇌며 삼십 분을 달려 서울숲에 도착했다. 어떻게든 되어간다. 무엇이든 하면 되는 것들뿐이다.

무섭긴 해도 서울 시내에서 스쿠터만큼 편리한 교통수단은 없다. 스쿠터는 내가 영 가보려고 하지 않던 곳까지 나를 데려간다. 가고 싶었던 그 어디든 그보다 조금 더 멀리. 서울숲까지 온 김에 나는 마음의 안식처와 같은 단골서점에 들러 새로 젖은 마음을 널어두고 발가벗은 몸을 공간의 일부로 두었다가 바싹 마른 마음을 입고 돌아간다. 친구가 방문하기로 한 시간에 맞춰 작업실에 겨우 도착했다. 커피와 디저트로 시작한 대화는 오후 세 시부터 자정 너머로 이어졌다.

바쁘게 해냈어야 할 일은 아직도 그대론데 나는 자꾸 어딘가로 돌아온 기분이다. 나를 찾는 사람, 나랑 시산을 보내려는 사람, 내 곁을 떠나지 않는 사람과 내가 찾아내는 사람들 사이에서 탁구공처럼 서서히 운동성을 되찾아간다.

멈춰서 천천히 ─────────────

비슷한 패턴의 삶에서 벗어나기 힘들다. 오랫동안 비슷한 모양의 관계와 일이 일으키는 비슷한 상황의 경험을 반복해왔다. 하루는 누군가 이상형을 물었고 나는 답할 수 없었다. 반복을 멈추기 위해서 같은 이상형을 바라지 않는 사람이 되고 싶었다.

멈추지 않고 달리느라 방향을 못 바꿨다. 전혀 다른 삶의 방식을 선택하기 위해 조금 미련하게 브레이크를 밟는다. 멈춰 서야 보이는 풍경 속에서 제대로 방향을 잡고 어떻게 살 것인지 생각한다. 과감하게 리셋 버튼을 누르고, 오래 고심해 동작 버튼들을 새로 고른다. 단순하게 움직이고 덜 고민하고 좋아하는 것으로. 천천

히 가면 느리긴 해도 안전하고 간단할 것이다. 세상이
더 선명하게 보일 테니까.

시 ——————————————————————

　　당신을 책처럼 읽는다. 책등에 새겨진 타인의 이름을 어루만지는 밤에 문장은 희미해졌다가 다시 선명해지고 이내 사라지기도 한다. 삶은 읽을 때마다 다른 문장이다. 이미 쓰인 것은 한 번도 같게 읽히지 못한다. 다시는 같은 사람일 수 없으므로.

관계는 순서대로 세는 게 아니고 ——————

　　사람에게는 각자의 기준과 방식으로 겹겹이 세운 벽이 있다. 매번 새로운 경험과 관계를 하며 사람들 속에서의 내가 조금 달라졌다는 것을 느끼고 관계의 작용을 또 한 가지 깨닫는다. 사람과 가까워지는 데는 단계가 있다. 그 단계는 순서대로 가야 하는 게 아니고, 모든 순서를 거쳐야 하는 것도 아니다. 하나부터 열까지 내 세계에 놓인 모든 관문을 통과하고서야 내 곁에 서 있는 사람이 있고, 하나의 문만 열고서도 내가 있는 곳까지 한달음에 도착하는 사람이 있다.

　　아무리 많은 문을 열어도 도착할 수 없는 곳이 있다. 내 의지만으로는 도달할 수 없는 관계가 있고, 작은 노력만으로 쉽게 받을 수 있는 사랑도 있다. 내가 준 것보다 많이 돌려주는 이가 있고, 받은 것 없이도 자꾸만 주고 싶은 이도 있다. 준 만큼 돌려받을 수도, 받은 만큼 돌려줄 수도 없다. 마음을 세는 일의 무용함을 생각하는 밤.

꿈 이야기 ————————————

요즘 자주 꾸는 꿈이 있다. 볕이 잘 드는 무채색 건물의 마당에 스쿠터를 대고 잔디밭이 있는 오른쪽 외벽을 둘러 건물 뒤편으로 걸어간다. 도로 한 켠에 스쿠터를 댈 때면 건물을 가로질러 뒤뜰로 나가기도 하고. 가는 길에는 사람들이 잔디 밭에 앉아서 시간을 보내고, 나무로 만든 테이블에서 뭔가를 먹거나 책을 읽는다. 다들 혼자다. 건물 뒤에는 작은 단층 건물이 있는데, 이곳이 정확히 무엇을 하는 공간인지는 몰라도 나는 예약을 하고 온다. 겨우 사무실 한 칸 정도의 크기다. 문이 닫혀있을 때 큰 창에는 커튼이, 문에 난 작은 창에는 블라인드가 내려져 있다. 병원 진료실이나 상담

실인 것 같다. 아직 여기가 어떤 곳인지 잘 모르는 이유는 꿈에서 깨면 안에서 나눈 대화를 전혀 기억하지 못하기 때문이고, 진료실이 아닐까 생각하는 이유는 일정이나 그 외 일들을 담당하는 사람이 접수대에서 내 차례를 안내하고 나는 주로 머리가 길고 털털한 여자와 대화하기 때문이다. 그녀는 질문으로 종이를 잔뜩 채운 차트를 들고 나에게 말을 건다. 나는 답을 하긴 하는데 그것이 의미 있는 소리의 집합인지는 잘 모르겠다. 하나의 꿈속에서도 나는 여러 차례 그곳을 방문한다. 언제는 햇살이 쏟아지고, 언제는 어둑어둑할 무렵이다. 비오는 날에 나는 약속을 잡지도 않고 문을 두드리기도 한다. 스쿠터 연료는 자꾸만 부족하다.

　이 꿈속에서 나는 어떤 대화를 나누고 있는 걸까. 자꾸만 물어보고 싶은 것은 무엇일까. 어떤 마음에 답하고 싶어서 나는 계속해서 질문을 만들어 내고 답을 찾는 걸까. 꿈속 인물들은 결국 전부 나를 대변할 것이다. 내가 생각하는 나와 스스로 묻고 답하기 위해 내가 만들어 낸 타인들. 엉망진창인 꿈도 이유 없이 꾸는 법은 없을 것이다. 마음 속 깊은 곳에서 계속 나를 거슬리게 하던 것은 자주 꿈이 된다. 좋은 꿈은 충격적이질 못해서 현실까지 쫓아올 힘이 없는지도 모른다. 나는 꿈속에서 힘이 없다. 꿈속의 세계도 나를 신경 쓰는 것 같진 않다. 꿈은 내가 머릿속에 집어넣은 조각들로 자신의 세계를 뒤죽박죽 꾸려가고 있을 뿐, 나는 이방인처럼 익숙한 풍경에시 헤매다 나온다. 마음은 꼬리가 길다. 길어졌다 짧아졌다 하며 상실과 믿음 사이에서 갈팡질팡한다. 치과, 백신, 정형외과, 건강검진 그리고 꿈속의 진료실. 올해 남은 병원 예약을 자꾸 미루고만 싶다. 답하고 확인하고 싶은 마음과 한 편으로 영영 모르고 싶은 것들.

시작을 반복하며 사는 것

자유로워지는 법 ────────────

쓸모없다는 걸 알면서도, 사고 버리는 일을 무수히 반복하고도 사소한 소비를 머추는 건 쉽지 않다. 아무렴 작은 소비가 그 순간의 나를 살린다면 못 할 것도 없는 일이지만, '혹시 쓸모가 있을지도 모르잖아', '한 번도 안 썼는데 그래도 언젠가는 써야지' 라는 말을 계절마다 한 번씩, 수 년을 반복하면서 뭐가 그렇게 아까워서 무겁게 살았을까 싶은 마음도 함께. 나는 자주 삶이 버겁다고 느꼈다. 인간관계는 어릴 때처럼 '좋아, 싫어' 직관적으로 다가오지 않고, 새로운 관계도, 버리고 싶은 관계도 어쩔 줄 모르는 사람이 됐다.

현실의 문제에서 고개를 돌리고 싶을 때 소비는

좋은 피난처였지만 소유는 나를 짐 많은 사람으로, 가벼운 발걸음을 잊은 사람으로 만들었다. 충분함을 넘어 내가 무엇을 가졌는지도 더 이상 다 알지 못하는 그런 사람으로. 나는 다 알기를 포기하고 지저분해진 삶의 목록을 외면했다. 필요하지 않은 것들에 내어준 자리를 바라보며 그만큼의 가능성을 놓아버리는 게 아닐까 불안했다. 내 방은 꼭 내 마음 같아서, 마음이 헤맬 때에 방은 어지러워졌고, 방이 필요 없는 것으로 가득 차는만큼 마음의 여유가 사라졌다.

마음이 복잡하고 기분이 안 좋을 때마다 쓰레기봉투를 하나 탁탁 벌려서 버릴 수 있는 만큼 버렸다. 쓰다 만 화장솜, 나뒹구는 영수증부터 옷, 피규어까지도 더는 손이 가지 않는 것들에 연민이나 후회를 접어두고 밀어 넣었다. 버리는만큼 삶이 가벼워지길 바라면서.

버려야 하는데 버리지 못하는 것들은 지난 시간에 가진 후회와 아쉬움으로, 결국 잘 해내지 못한 자책으로 남았다. 마음의 짐을 손으로 놓아주는 연습이라고 믿으며 쓰레기봉투를 가득 채웠다. 어제보다 조금 덜 얽매이고 자유로운 사람이 되길 바라면서.

눈 오는 날에는 쉼표를 찍고 ─────────

　　겨울에 자꾸만 곤두서는 마음을 가라앉히는 건
눈이었다. 천천히 부유하며 아래로 떨어지는 눈을 보고
있으면 바닥으로 치닫는 내 기분도 눈송이처럼 단단한
바닥에 착지하기 위해 바람을 타고 흔들리며 낙하하고
있을 뿐인 것 같았다. 지저분하고 날카로운 것들 위에
천천히 쌓이기 시작한 눈이 어느새 시야를 뒤덮는다. 세
상을 가득 채운 소음과 움직임이 이내 잦아든다. 위에
서 내려다본 하얀 세상은 안전해 보인다. 누군가 소란
한 마음을 잠시 멈추어주려 무채색 풍경을 선물한 것처
럼. 사람 발길 닿는 곳과 인적 없는 곳, 얇게 도포한 눈
이 기쁨과 슬픔을 그 아래 잠시 맡아주고 모두에게 짧

은 휴식을 주려는 듯이, 추위와 위험은 단호하게 우리를 각자의 방으로, 고요한 순간으로 이끈다.

뜨거운 세상의 온도를 낮추는 차가운 눈송이가 마음을 녹이는 방식을 다 이해할 순 없지만 선명한 온도차가 주는 보호를 느낀나. 도시의 속노를 늦추는 얼어붙은 땅 위에서 느릿느릿 걸을 수밖에 없다는 사실이, 빠르게 돌아가는 레일 위에서 몇 번이나 발목을 접질린 나에게 일상의 풍경을 돌려준다. 고요를 깨는 검은 발자국이 빠르게 사라지는 눈 내리는 밤에, 나는 아늑한 단절 속에서 오래전에 잊힌 꿈을 드문드문 이어서 꾼다.

하얗게 뒤덮인 세상으로 창을 열고 발을 내밀어 자국을 내면, 그 모습을 눈에 담는 것만으로 발자국 내는 감각을 오래 간직할 수 있다. 나의 온전한 감각을 새로 만질 수 있다. 경계가 무너진 곳에서 희미해진 삶의 실루엣을 덧그리는 아침으로부터, 나는 쉼표를 찍고 녹고 어는 일을 다시 반복한다. 덧없어 차라리 할만 한 것들.

고통의 다음 단계는
또 다른 고통이 아니고

　　고통은 아이러니하다. 운동하는 사람들은 근육을 찢고 회복하고 다시 찢고 싶어 한다. 일 년 넘게 필라테스를 하고도 별로 달라진 게 없는 것 같다 하소연 하자 헬스를 즐기던 아무개는 '할 수 있는 데까지만 하는 삶에는 문제가 있나. 우리는 할 수 있는 이상을 해내야만 하는 걸까.

　　어제까지의 나를 나무라고 오늘의 내가 의기소침해지기를 바라지 않는다. 세월아 네월아 보낸 날들을 보호하고 싶다. 그것 또한 사랑하는 나의 일부분이자 그날의 최선이었기 때문이다. 언제는 나를 사랑하고 언제는 나를 사랑하지 않는다면 오늘의 나는 갈가리 찢길 것이다. 과거의 나를 변명하지 않고, 과거의 나 말고 또 다른 나를 만난다면 어떨까.

잘하고 싶은 마음이 들 때까지 기다려야만 다음으로 넘어갈 수 있다. 4년 동안 바이올린을 배웠지만 지금의 나는 가장 쉬운 악보를 사셔나줘노 버벅거릴 것이다. 배우고 싶지 않았지만 엄마는 내가 바이올린 학원을 다니길 바랐다. 나는 연습을 전혀 하지 않았기 때문에 진도가 가장 느린 학생이었다. 지금의 나는 알고 있다. 아무리 시간을 쏟아도 마음을 쏟지 않으면 제자리걸음이다. 1만 시간의 법칙도 마음의 일이다.

꾸준히 운동을 했지만 아무것도 늘지 않았다. 근육이 찢어지길 바라는 마음을 얻기까지 몇 년이 걸렸다. 고통의 다음 단계는 또 다른 고통이 아니고, 드디어 새로운 것을 즐길 수 있는 사람이 되었다는 뜻이다. 할 수 있는 것 이상으로 하고 싶어졌고, 근육을 찢는 일은 더이상 나에게 고통이 아니다. 좋아하는 것을 잘 좋아하는 근육이 필요하다. 글쓰기에 쓰는 근육이라는 것이 있다고 오랫동안 주장해온 것처럼, 근육이 찢긴 자리에 내가 바라던 새로운 내가 있다.

수면위상지연증후군

일찍 자야겠다는 생각을 하고 실행에 옮긴 날이 까마득하다. 올빼미처럼 살기를 바라는 것도 아닌데 새벽 내내 깨어 아침까지 잘도 버틴다. 불면증이 아니다. 생활 패턴이 엉망으로 거친 탓이다.

잠들지 않으려는 한 가지 이유는 확실하다. 오늘을 제대로 보냈다는 느낌을 받지 못할 때, 계획은 공중 분해 됐고 뭐라도 해내지 않으면 하루가 허투루 저물 것이라는 자책으로 스트레스를 받는다. 자리에 앉아 컴퓨터 화면을 뒤적인다. 밤늦게 능률이 오를 리 없다. 산만하게 딴짓을 하다 보면 시간이 야속하다. 조용한 밤은 그만큼 소리 없이 빠르게 명도가 다른 검은색을 바꿔 입는다. 점점 푸르게.

수면위상지연증후군을 겪는 사람이 많다는 글을 읽었다. 네이버 지식백과에 나온 증상은 다음과 같다.

수면위상지연증후군은 '쉽게 잠들지 못한다'는 점은 불면증과 같지만, '수면시간대가 지연될 뿐 수면 자체에는 문제가 없다', 한번 취면하면 비교적 안정한 수면을 취할 수가 있어, 늦은 시간까지 깨어나지 않는다. 건강인 보다도 수면시간이 길다는 보고도 있다.

불면증도 아니고 대체 뭘까, 싶던 밤에 제대로 된 라벨을 붙인다. 열심히 살아야 한다는 강박에 잠을 참고 늦게까지 공부와 일을 하다 낮밤이 뒤바뀌는 버릇이 만성으로 잠들지 못하는 나를 만들었다.나는 이제 맺고 끊음을 어떻게 하는 건지 잘 모르는 모양이다. 오늘 끝내지 못한 일을 꿈으로 가져가고, 내일엔 어제의 기분이 이어진다. 나는 이제 지난 시간을 끊어내고 새로운 시간을 맞이하는 법을 잊은 건 아닐까.

머릿속 생각들이 서로를 잡아먹는다. 삶을 미루고 싶지 않다는 작은 용기로 눈을 질끈 감는다. 잠 드는 일에 익숙해지기 위해 하루를 놓고 매듭짓는 연습을 한다. 괜찮아. 괜찮다는 주문을 외우면서.

좋은 씨앗을 가진 사람 ─────────

아빠가 완벽한 사람은 아니지만 그래도 아빠 같은
사람을 만난다면 내 팔자가 필 것이다. 타인이 팔자를
펴준다는 생각 자체가 마음에 들진 않지만, 분명 그렇
게 될 것이다.

친구들의 부모님을 뵐 일은 잘 없지만 아빠는 내
친구 대부분을 만났다. 아빠를 만나본 친구들은 종종
아빠 이야기를 꺼낸다. 다른 어른들과는 조금 다른 것
같다고 덧붙이면서. 그래서인지 나는 친구나 타인의 부
모님을 만나고 밥 먹는 자리가 생겨도 불편하지 않다.
어른을 만나는 일은 어려워야 하는 일이 아니니까.

아무개는 내가 어떤 사람을 만나든 걱정 없다고

말했다. 괜찮은 남자랑 30년을 살았는데, 이상한 사람이랑 결코 잘 될 수 없을 거라고. 어느 순간부터 그 말은 내 자부심이기도 하다.

부모님이 제주도에 계실 때 친구와 함께 놀러 가사 아빠가 드라이브 시켜 주고 밥도 사 주셨다. 그날이 있고 어느 날 친구는 아버지 잘 지내시냐고 묻곤 그날 이야기를 꺼냈다. 독특한 일을 하는 탓에 어른들의 노골적인 조언이나 질문이 힘들었는데, 너희 아빠 같은 어른은 처음이었다고 했다. 자신의 상황을 배려해 꼬치꼬치 묻지 않으시는 것 같았고, 겪어보지 않은 것을 함부로 판단하고 이야기하지 않으셨다고. 우연처럼 같은 날 이른 시간에 또 다른 친구가 우리 아빠 이야기를 했다. 아버지는 너라는 사람을 이해하시는 것 같다고. 그 친구는 10년 전 나를 만난 지 얼마 안 됐을 무렵에, 넌 사랑받고 자란 티가 난다고 말했다. 늘 떳떳하고 자기 자신을 어려워하지 않는 모습이 좋아 보인다고. 지금도 그래 보이는지는 자신 없으나 여전히 그랬으면 좋겠다고 바란다.

어떤 사람을 너무 깊고 넓게 알고 있다면 그 대상을 설명하긴 오히려 점점 어려워진다. 인간은 복잡하고 모순을 가진 존재라 시간이 지날수록 여러 모습이 섞여 알쏭달쏭해지기 때문이다. 이 사실에 대해서는 이장욱의 소설 <기린이 아닌 모든 것>이 가장 잘 설명해준다.

생활기록부에는 "성격 활달하지만 말이 없는 편"이라든가 "의외로 내성적이지만 인사성 밝음" 따위의 알쏭달쏭한 평들이 쓰여 있었다. 그건 담임을 맡은 교사가 우연히도 3년 내내 같은 사람이었기 때문이다.

아빠는 조언 대신 제안하는 사람이다. 어떻게 하고 싶니. 이러면 어떨까, 저러면 어떨까, 나에게 주어진 선택지를 읊어준다. 한 번 미친 듯이 해보면 되지 뭘 걱정하냐고. 무엇이든 허락해 주는 아빠는 아니지만 언제고 고민을 나눌 수 있는 사람이라는 믿음 덕분에 나는 위축되거나 쫄지 않고 무엇이든 당당하게 말해볼 수 있다. 아빠는 내 말이 가치 있다는 걸 알려주고, 내 의견이 타인의 무시를 받아서는 안된다는 걸 가르쳤다.

'사랑해도 혼나지 않는 꿈이었다.'는 제목의 시집이 있다. 꿈이 아니다. 내 생각과 감정에 당당해도 된다는 걸 안다. 아빠가 가르쳐준 대로 그게 누군가를 함부로 판단하고 조언해도 된다는 의미가 아니라는 걸, 이 기적인 행동을 용인하는 게 아니라는 것도 안다. 아빠는 내가 잘 다루지 못하는 감정을 두고 네가 부모에게서 보지 못한 부분이라 그렇다는 말로 나를 감싸 안았다. 엄마랑 아빠도 잘 못하는 거니까, 너한테도 익숙하지 않을 거라고. 부모가 힘든 얘기를 잘 안 하니까 너도 마음에 쌓인 걸 어떻게 표현해야 하는지 잘 몰라서 참아야 하는 줄 아는 것 같다고. 아빠는 나를 자주 구원하고 내 조급한 삶의 속도를 늦춘다. 본인의 허물을 들춰야 한대도.

아빠는 선택은 네 몫이라고 했다. 아무도 대신 책임져주지 않으니까. 한 번은 스쿠터를 타고 싶다는 내 말이 당돌하고 위험하게 들릴까 봐 먼저 허락을 구했는데, 아빠가 선택할 일은 아닌 것 같으니 네가 필요하다고 느끼면 그래야 하지 않겠냐고 하셨다. 언제나 그랬다. 배우고 싶은 게 있으면 배워, 공부를 더 하고 싶으면 해, 하고 싶은 일이 있으면 뛰어들어도 돼. 네가 열심히 할 의지만 있다면 아빠가 할 수 있는 부분에서는 도와줄게.

나는 자유로운 선택을 하고, 그 영향을 가늠하고

판단하는 사람이 되어간다. 믿음과 책임의 씨앗이 조화롭게 뿌려진 덕분이다. 엄마가 걱정과 불안에 나를 뜯어말릴 때면 아빠는 엄마가 당연히 안된다고 할 거 몰랐냐고, 뭐 하러 다 말하냐고 한다. 하지 말라면 안 할 거냐, 부모가 안된다고 해도 바락바락 대드는 애들이 있지 않냐고. 너도 진짜로 원하면 그러라고, 아빠는 꼭 부모가 아닌 것처럼 말한다. 그러고는 아빠도 얼굴을 찌푸리고 나를 이해하지 않기도 한다.

우리 사이가 처음부터 오늘과 같지는 않았다. 아빠가 일로부터 조금은 자유로워지고, 내가 학교에 갇혀 공부를 하지 않아도 될 무렵부터 나는 그냥 아빠가 가장 친한 친구 같다는 생각을 한다. 성인이 되고서야 그게 됐다. 물론 나는 아빠의 가장 친한 친구가 아니다. 아빠에게는 어리광을 받아줘야 하는 대상, 약한 소리를 들어주고 밥에 커피까지 사줘야 하는 자식이니까.

나는 어른을 좋아한다. 좋아한다기보다 어렵지 않다. 선배든 꼰대든 좀 귀여워한다. 아빠가 귀엽기 때문이다. 내가 아빠보다 키도 더 크다. 어릴 때부터 어른을 귀여워하며 자란 나는 어른도 그냥 그 행동이 빤하고 귀여운 거 같다. 내 위로는 몇 살이든 비슷하게 느껴진다. 부모님이 큰 권력을 쥐지 않는 것이 늘 옳지는 않겠지만, 나는 덕분에 권위 없는 사람으로 크고, 격식 따지지 않는 부드러운 사람이 될 수 있지 않을까 생각하고 또, 바라기도 한다.

아빠를 한 편의 글에 나 담을 수 없고, 우리 관계의 기쁨과 슬픔은 서로 너무도 모순되어서 설명할 자신도 없다. 계속 들여다보아도 충분하지 않은 기분. 아빠의 씨앗이 나에게 조건 없이 뿌리내리고, 알아서 곧게 성장하지는 않을 것이다. 아빠의 부모님은 아빠와 무척 다른 분들이다. 어쩌면 그 덕에 아빠의 뿌리는 깊고 몸통은 유연한지도 모른다. 나도 아빠와 다르다. 잔가지가 많은 나는 몸통이 연약할지라도 아빠의 씨앗으로 뿌리가 깊은 사람이다. 좋은 씨앗이 좋은 나무를 담보하지는 못하더라도, 좋은 나무 곁에서 자랄 수 있어서 더 좋은 삶을 가늠할 수 있다면 그것으로 충분하다.

나한테 해줄 수 있는 것 ─────────

손으로 쓴 일기가 한 편 있다.

'차근차근 할 일 목록을 줄여나간다. 해야 할 일
말고는 아무것도 생각할 여유가 없어서, 복잡하지 않아
마음이 편하다.'

여유로운 생활이 독이 되기도 한다는 걸 배운다.
시간이 많아지면 갖가지 생각이 떠오른다. 삶과 죽음처
럼, 어떤 한계가 오늘을 더 가치있게 만드는 것처럼, 적
절한 시간의 구분과 일상의 긴장이 우리를 자신 속에
매몰되지 않도록 돕는다. 기나긴 생각에 잠기면 감정은
미래라는 존재하지 않는 시간에 담긴 근원적 불안과 혼
란을 마주한다. 우울해지면 잠들기 어렵다. 부정적인

생각이 줄지어 떠오르고, 나를 살리기 위해 생산적인 무언가를 해내야만 할 것 같다. 우울이 요구하는 것을 해내려는 마음은 피로가 된다. 그 반대도 마찬가지다. 몸이 힘들면 스트레스가 예민함을 부추기고, 피곤한데 불안함에 삼늘지 놋하는 날이 반복한다. 지나진 여유가 불안이 된 것이다.

무언가를 놓친다는 기분이 달갑지 않은 날들이다. 보이지도 않는 일이 산더미처럼 쌓인 것만 같고, 오늘에 충실하자고 몇 번을 말해도 자꾸 빨라지는 발걸음은 어쩔 수 없다. 그래도 그날 적어둔 일기가 다시 내 걸음을 늦춘다. 그런 날이 있었다고, 시간에 지레 겁먹지 않고 차근차근 내딛는 것만으로 괜찮을 수 있는 마음이 분명 거기에 있었다고. 그날은 이렇게도 적어두었다. '당장 지금에 집중하자.'

당장 나에게 잘해주자. 피곤하면 쉬고, 일이 많으면 포기하고, 할 수 있는 것만 먼저 하고. 나머지는 미리 걱정하지 말자. 제때 재워주고 맛있는 거 먹이자. 내가 제일 중요하니까. 나한테 이 정도는 해줄 수 있지.

오늘의 미래 ——————————————

　쾌 오래된 미래에 사는 기분이다. 언제나 미래라고 생각하는 과거에 살았나 싶기도 하다. 학생 때는 선배들과 어울리는 자리를 좋아했다. 수업도, 술자리도 나보다 학년이 높고 경험 많은 사람들 속에서 시간을 보내면 내가 조금 더 웃자란 아이가 되는 것 같았다. 단지 그 안에 섞여 있는 것만으로, 그들의 찬란한 과거를 아는 것만으로, 나는 늘 몇 살은 더 먹은 사람이 된 것처럼, 그들의 과거도 내 것인 것처럼. 더 멀리, 더 넓게 보는 사람이 될 수 있는 것만 같았다.

　회사에서도 나이가 열 살, 스무 살씩 차이 나는 과장님과 이사님과 친해지는 것이 좋았다. 물론 철없는 그들 덕이 크겠지만. 관심 있는 커뮤니티나 취미 생활도 늘 친구들이 알고 찾는 것과는 달라서 나는 자주 그곳에서 가장 어린 사람이었다. 내가 순식간에 사랑하고야 마는 이들은 늘 나이가 많았고, 나는 나이 차가 가장 많이 났던 사람을 가장 사랑한다고 느꼈다. 놀아보면 사랑보다는 동경하는 마음이었다. 그는 나보다 일곱 살이 많았는데, 이제와 그를 떠올리면 사랑이나 그리움보다는 그 시절 내가 갖고 싶었던 하나의 모습을 본다.

나는 언제나 그들이 사는 '오늘의 미래'를 동경했다. 나와 같은 날에 살며 더 나이를 먹은 마음으로 살아가는 것. 약간의 비관과 통찰. 나는 빨리 어른이 되고 싶지는 않아서, 그들이 먼저 지나온 시간 속에서 얻은 것을 늘 선망했다. 아직 내가 갖지 못한 것을 그들의 눈과 삶을 통해 보는 게 좋았다. 나는 그들보다 늘 어렸으므로. 내가 삶에 탄성을 지를 때 나처럼 호들갑 떨지 않는 평점심이 내가 딛고 기댈 만한 언덕으로 보였다.

서른이 되면, 내가 무엇이든 되어있지 않을까 막연한 상상을 했다. 막상 가까워지고 나니 한 살 더 먹는다고 아무것도 달라지지 않을 것이라는 걸 깨닫고, 불안정하고 연약한 시간을 보내는 또래가 많은가 싶다. 그런 나는 성숙한 그들의 서른넷이 내 것이었으면 좋겠다고 바랐다.

누군가의 오늘을 보며 미래를 그리고, 오래도록 오늘이 아닌 미래에 살았다는 생각을 한다. 또래 집단의 압력이나 분위기를 느끼지 못한 채로, 혹은 무시하면서. 누군가 시간을 들여 도착한 곳에 얼른 도착하고 싶다는 마음에 급급한 채로 살았나. 어린 나의 고민과 어린 나의 걱정이 남 일인 양. 내가 좋아하는 그들의 걱정을, 미래의 걱정을 가져다가 해결하려 노력하면서 내가 늘 부족하다 느끼지 않았나.

함께 하는 이의 모습에 따라 작아졌다 커졌다 하는 상대적인 나를 다시 절대적인 나에게 맞춘다. 나의 오늘을 가늠하는 데 타인을 끌어들이지 않는다면, 하루빨리 무엇이 되어야겠다는 조급함도, 내가 부족하다는 생각도 사라지고, 오롯한 오늘의 나로 존재할 수 있을 것이다.

오늘의 미래 (2) ────────

　서른이 되고서도 서른이 되지 않기를 바라며 지낸다. 한국에만 존재하는 셈법을 고쳐서 전 세계 공통의 나이 규정을 따른다면 나는 다시 스물여덟이다. 이십대로 십 년을 살았지만 아직도 기회가 있다는 생각에 사로잡힌다. 서른이 되어도 별로 달라지는 것 없다고, 별일 아니라던 말을 듣고서는 "달라지는 것도 없는데 굳이 서른이 되고 싶지 않아"라고 답하는 게 나다.

　하지만 나는 내가 이제야 서른이라는 사실을 깨닫는다. 벌써 서른이 아니라, 이제야 서른. 사실은 한참 전부터 서른네 살 같은 기분으로 살아왔던 것 같은데. 그 팔할은 내가 만나온 사람들 탓이다. 그들을 기준으로 두고, 일이란, 여가생활이란, 건강이란, 관심사, 결혼 같은 것들을 고민했다. 다가올 미래를 나보다 조금 더 가까이 마주한 그들과 함께 고민하고 결정 내리면서 나는 서른네 살의 입장을 헤아리고 싶어 했다. 이해하고 싶었고, 사려 깊은 연인이 되고 싶었다. 아마 그들도 이십 대 후반의 삶을 다시 한번 떠올렸을 것이다. 나이에 안 맞게 웃자란, 몸에 맞지 않는 옷을 입으려는 나를 보면서. 나이가 한 사람에 대해 알려줄 수 있는 것은 사실 아주 적지만, 우리는 언젠가 그 나이를 지나왔고, 또 지나갈 테니까, 어쩔 수 없이 서로의 시간에 사로잡혀 있기도 했을 것이다.

언젠가는 서른넷이고 싶었고, 또 언젠가는 스물여덟이고 싶었는데 오늘은 정말 서른 같다. 딱히 어려지고 싶지도 더 먹고 싶지도 않은 기분. 비교가 없는 날들. 미래를 타인의 이름으로 그리지 않는 시간을 보내는 나날.

오늘의 미래 (3) ————————————

　친구가 꽃을 사 왔다. 백화점 로비에서 꽃집 팝업을 하는데 그냥 지나칠 수는 없고, 마침 꽃을 줄 사람이 있어서 다행이었다며 하얀 수국을 내밀었다. 예뻐서 샀는데 막상 오는 길에 꽃말을 찾으니, '변심', '변덕'이라며 웃었다.

　꽃을 선물할 사람이 있다는 게 얼마나 기쁜 일이냐는 친구의 말도 좋았지만, 변심과 변덕이라는 단어가 오늘의 나를 위로한다. 잘 변해보자고, 변덕을 부려가면서, 한결같은 사람이 되려고 노력하는 대신 언제든 원하는 방향으로 용기 있게 방향을 틀자고.

오늘의 미래 (4) —————————

"내 몸은 그대론데, 나는 자꾸만 커졌다 작아졌다 하는 기분이야."

나는 자주 작은 사람이 된다. 안 좋은 결말을 상상하면서, 내가 별로일 수 있는 장면을 떠올리면서, 자신 없는 미래를 그리면서 점점 작아지다가 내가 정말 물리적으로 작아진 것만 같은 기분에 사로잡힌다. 이제 작아진 나는 어떻게 해야 하나.

나를 바라본다. 나는 똑같은데 기분은 상대적이다. 작아지는 기분도, 커지는 기분도, 결국 나를 상대적으로 느끼게 하는 큰 것과 작은 것이 있기 때문이라서, 나는 내가 그들이 될 수 없음을, 그들이 내가 될 수 없

음을 생각한다. 나에게로 타인을 가져오지 않으면 나는
다시 원래 크기로 돌아간다.

빈 방에 앉아 ────────────────

돌이켜보면 평생 누군가가 밑그림을 그려둔 공간
에서 살고 일했다. 내 방의 침대나 옷장, 책상 같은 큰
가구는 이미 부모님이 적당한 가격의 적당한 물건으로
적당히 채워둔 것들이다. 침구나 몇몇 작은 소품들도
주어진 것이 대부분이다. 내 것이라곤 의류나 책 같이
가구를 사용하는 것들이다. 부엌과 거실을 채운 것은
말할 필요도 없다.

일상의 절반을 차지하는 회사에서 나의 지분이란
더 처참하다. 나에게 주어진 공간은 손바닥만 하고, 내
물건은 책상 위나 서랍에 들어갈 정도만 허용된다. 다
른 사람의 눈을 피할 수도 없으니 사적인 공간 확보조

차 안된다.

　나에게 주어진 공간들은 대체로 내가 어찌할 수 없거나, 어찌하기엔 이미 주어진 것이어서 나는 그대로 만족해야 했다. 첫 자취에서도 누군가의 공간을 다시 한번 빌린 거라 내 짐이 들어갈 자리가 없었다. 늘 눈에 보이는 곳에 쌓인 옷가지나 물건을 보면서 답답해야 했고, 처음 작업실을 얻었을 때도 인테리어가 다 차려진 자리에 세 드는 방식이라 나는 여전히 주어진 환경에 적응해 내 자잘한 물건을 채워 넣는 것으로 만족해야 했다.

　이제 내 이름으로 계약한 텅 빈 공간을 보고 내가 아직도 처음이라는 것을 겪어보지 못했다는 사실을 깨닫는다. 할 수 있는 게 너무 많아서 오히려 갈피를 잡지 못하는 마음이 되고 만다. 나를 채울 줄 아는 사람이 되어가는 과정을 겪는다. 여태 그걸 할 줄도 모르는 채 살아왔다는 사실이 생경하다. 나는 오늘도 나를 잘 모른다. 나를 아는데 평생을 바쳐 살아갈 것이라는 예감에 사로잡힌다.

첫 번째 풍경

잠원 한강 공원에서 달린다. 밤의 한강 공원은 어디선가 본 모습 같아서, 지난 기억이 그대로 불려 나온다. 무딘 마음이 되고 싶지만, 기억은 마치 늘 벼려온 것처럼 언제고 나를 쉽게 붙잡는다.

미루나무가 늘어선 한강변을 달린다. 건너편에는 남산 타워가 보이고, 앞에는 주황으로 빛나는 잠수교가 있다. 미루나무는 내가 달리는 내내 계속 앞서가며 길을 감싼다. 고흐의 별이 빛나는 밤과 나무들이 춤 춘다. 처음 보는 익숙한 풍경.

오늘은 한 번도 잠을 자보지 않은 곳에서 잔다. 처음 겪는 밤. 사랑을, 사람을 잃고, 실패하고. 다시는 처음이 오지 않을까 봐 두려워하던 마음을 누이고 새로운 처음들을 시작한다. 아직 처음일 수 있는 것이 너무도 많고, 다시 겪게 될 감정도 처음과 같을 거라고 나한테 말해주면서.

몸과 마음의 비밀

매일 달리기를 하고 크로스핏을 간다. 믿고 매달릴 데가 운동뿐이다. 나 잘하고 있는지, 당장 하고 있는 일들이 시간 낭비가 아닌지 걱정하는 질문들 앞에 그 시간만큼은 허투루 쓰지 않았다고 자신할 수 있고, 후회 없으리라고 확신할 수 있는 것이 운동이다. 약한 마음을 움직이는 데에는 언제나 확신이 필요했다.

달리다 보면 휴대폰을 집어던지고 싶은데, 삶도 마찬가지다. 무거울 땐 그냥 다 집어던지고 싶다. 값이 얼마가 나가든, 얼마나 소중하든, 당장 자신을 지킬 힘도 마음도 없는 사람에게는 미래나 삶의 가치를 이야기하는 것도 의미가 없을 때가 있다. 소중한 것도 지키지 못할 마음인 때가. 그럴 땐 숨 쉬고 밥 먹고 잘 자는 것만으로 칭찬을 받아야 마땅하다.

운동을 하면 근육통이 찾아온다. 근섬유는 찢을 때마다 더 튼튼하게 붙는다는데, 그 일엔 한계가 없어서 사람도 근육처럼 고난에 익숙해질 수 있는지도 모른다. 운동에는 끝이 없고, 멈추면 몸은 금세 무뎌진다. 마음처럼.

마음을 무디게 두고 살아도 될까. 다투지 않고 좋은 게 좋은 걸로, 조금 더 모르고 조금 덜 느끼고, 편하게. 우리는 삶에 익숙해진다. 지속하는 것들에 내성을 가지고 기본값이라고 여기고 만다. 어떤 것에 내성을 가지고 무엇을 기본값이라고 생각하며 살 것인가. 운동을 하며 한계를 넘고, 힘들고 아픈 것을 받아들일 수 있는 마음을 얻는다. 더 많은 것을 느끼고 더 많은 일을 해낼 수 있는 사람이고 싶다. 늘어나는 근육량과 반비례하여 쉽게 무너지고 불안에 주저앉는 날은 줄어들 것이다.

몸과 마음이 연결되어 있다는 말은 그 증거가 흔하다. 마음이 시름시름 앓을 때 몸을 움직일 수 없고, 몸을 괴롭힐수록 마음이 평안해질 때, 나라는 사람이 결국 이 모든 변화와 깨달음의 합이라는 걸 깨닫는다.

좌회전 하는 법

아래로 떨어진다는 감각이 추락이 아니라 방향이라면, 나는 또 전혀 다른 삶 속으로 향하는 것뿐이라면, 떨어진다고 느꼈던 빠른 속도가 상대적일 뿐이라면. 그제야 긴장이 풀려 다시 나를 스쳐가는 풍경이 보인다. 그 안에는 누군가 서있다. 기분 탓 같은 속도감에 눈을 꼭 감은 채 보지 못했던 위로와 위안이. 다가오는 것들과 익숙하고도 새로운 얼굴이.

겁먹지 않아도 된다. 속도가 아니라 방향일 뿐이니까. 운전을 갓 시작하고는 우회전만 하고 싶은 것처럼, 새로운 방향으로 가는 어색함일 뿐이다. 결국은 속도 문제가 아니라는 걸 깨닫고 몸을 크게 틀면 더 큰 세상

이 있다. 관성에 익숙한 몸이 변화를 두려워할 뿐. 그곳
에는 내가 차마 알지 못했던 좋은 것이 있다.

오늘보다 더 사랑할 수 없는

오늘보다 더 사랑할 수 없는 ───────

가끔은 책을 읽으며 이 문장을 더 일찍 만났더라면, 좋은 영화를 더 일찍 봤더라면, 더 빨리 어른이 되지 않았을까 부질없이 연약한 마음이 묻는다. 곧 얕은 후회와 고민 끝에 그랬더라면 분명 아무것도 느끼지 못하고 흘려보냈을 것이라는 사실을 깨닫는다. 시간이 주는 만큼 알맞게 나이 먹고, 충분히 모르고, 모르는 만큼의 최선을 다하면서, 그때의 내가 배울 수 있는 만큼 배운다. 무엇이든 일찍, 빠르게 시간을 앞당겨 살았다면 이제 와 부딪히는 것들에 아무런 감흥이 없을 것이다. 조급한 마음이 불쑥 고개 들 때면 과거의 내가 지금의 내가 아니라는 안정제를 놓는다. 미래를 알고 있다면 과거의 나보다 과거의 그 순간에 진심일 수 있었을지 되묻는다. 최선으로 사는 사람이 될 수 있을까.

신형철은 <느낌의 공동체>에서 여러 시인의 이름을 나열한다. 그들은 대체로 서로 즈음에 시인의 이름을 얻는다. 그 무렵의 이야기를 읽는 내가 이제 그 시간에 빗대어도 괜찮을 나이라서 그 책이 좋았을 것이다.

모든 것에는 때가 있고, 나는 항상 그때의 나보다 더 나은 사람일 수는 없었을 테니. 오늘보다 더 사랑할 수 없는 사람이 되기를.

잘 좋아하지 못해도 괜찮은 ───────

살짝 매울 수 있다는 피자를 시키고 나서 그는 "무슨 맛 좋아해요?" 물었다. 나는 매운 피자를 앞에 둔 탓에 "매운 건 근데 맛이 아니죠?" 한다. 그는 다시 "그렇죠. 맛이 아니라 통증의 종류라던데." 나는 다시 "다 잘 먹는데, 라면보다는 짜파게티가 좋아요. 라면도 되게 좋아하는데, 매번 선택하다 보면 짜파게티를 선택하는 날이 더 많을 거예요." 답한다. "짜장면이 좋아요, 짜파게티가 좋아요?" "둘 다 좋아해요. 근데 짬뽕보다 짜장면을 더 좋아해요."

우리는 장님이 코끼리 만지듯 더듬더듬 서로의 세상을 알아간다. 한 번에 핵심으로 들어갈 방법은 없고,

확실한 정답도 없이, 좋은 오답을 찾아갈 뿐이다.

각자 책을 읽는다. 그는 최근에 읽었던 책 중 기억에 남는 것이 있느냐 물었다. "시간의 흐름이라는 출판사에서 나온 <커피와 담배>라는 책이 있어요. 정은이 쓴. 그 사람이 커피와 담배를 예찬하는데, 커피와 담배를 다룬 책이니까 세상에 그 두 가지 밖에 없는 것처럼 이야기를 해요. 할 말이 그것밖에 없는 것처럼. 나는 그 책 읽으면서 나에게 휴식이 뭘까 떠올리게 됐어요. 나에게 커피와 담배는 뭘까. 우리는 잘 쉬는 법을 모를 때가 많잖아요. 근데 이 사람한테 커피 마시고 담배 피우는 일은, 그 무엇보다 큰 위로이고 안정인 거예요. 생각해 보면 나한테 휴식은 카페에서 마시는 커피이고, 또 책인 것 같은데, 근데 나는 아직 어리잖아요. 어떤 대상을 충분히 잘 알고 확실히 좋아할 만큼 시간을 갖지 못한 것 같아요. 아직 모르는 것도 너무 많고요. 커피나 책 때문에 뭔가를 포기할 수 있을까? 물으면요. 글쎄 그 정돈 아니지 않을까 싶어요. 시간이 흘러서 조금 더 잘 알게 된다고 하면, 그 대상이 바뀌지 않고 결국 커피랑 책일 수도 있긴 하겠죠. 지금은 그 마음을 키워가는 중이 아닐까. 나는 가끔 사람들이 무언가를 충분히 좋아할 수 있을만큼 시간을 쏟지 않고도 자신에게 취향이 없다고 실망하는 것 같고 느껴요. 좋아하는 마음이 갑자기 그 대상에 반응하는 게 아니잖아요. 오래 들여다보고 배우고 잘 알게 되고서야 나랑 잘 맞는지 알 수 있을 텐데.

　저도 그랬어요. 뭔가 마음 깊이 좋아하는 게 있었으면 싶은데, 그걸 하나하나 다 시도해 볼 만큼 시간 여유가 있는 것 같지도 않아서 조급해지고. 벌써 늦은 것 같고. 요행을 바라는 것처럼 깊게 좋아하는 마음이 저절로 생겼으면 좋겠는 거예요. 지금도 가끔 그래요. 근데 우리는 아직 잘 좋아하지 못해도 괜찮은 것 같아요. 좋아하는 마음은 시간이 많이 필요한 일이니까. 아직 잘 좋아하지 못해도, 잘 알지 못해도. (...)"

영원 없는 하루에도 ————————

오늘을 하나부터 열까지 스스로 굴려나갈 자신이
없다. 하루는 너무 길어서 나는 자주 시간을 채우기 위
해 필요 없는 것들을 밀어 넣기도 했다. 이유 없이 뭔가
를 먹거나, 게임하기, 영상 시청, 어울리지 않는 늦잠 같
은. 계획과 열정으로 다 채울 수 없는 자리가 커지면 하
루가 회피성 행위로 금세 가득 찬다. 일정한 규칙을 가
진 회사를 다니지 않으면서 잦은 시행착오와 들쑥날쑥
한 일상을 오래 지속한다. 튼튼한 뼈대를 세워 삶을 구
성하고 싶었지만, 기반이 약해 모래 위에 집 짓는 꼴이
다. 내가 세운 하루의 구조물은 연약해 쉽게 무너지곤
한다. 야트막한 하루에도 매일의 벽을 세워주는 일들

이 있어 세어본다. 커피 내리는 시간, 요가로 하루의 죄
책감과 몸을 쓰다듬고, 책 만지는 시간, 생각을 파편을
그러 모으는 글쓰기. 정박할 곳이 있다는 안정감이 되어
주는 것들. 어딘가에 부딪혀 돌아오는 날에도 나를 여
느 때와 다름없이 회복하도록 해주는 것들의 숫자를
늘리는 일에 집중한다. 필요한 것은 삶을 끌어당기는
힘보다 지탱하는 힘. 그건 언제나 변함없이 그 자리에
있어주는 것들로부터 오는 게 아닐까. 일상의 익숙한
감각을 붙잡고 든든한 버팀목 위에 살아가는 사람이고
싶다. 나 자신을 지탱할 수 있는 사람으로 자라고 싶다.

아침 메뉴를 정하는 일 같다. 편안하고 익숙한 것
에 질리지 않고 매일 해나갈 수 있다고 느끼는 것. 무심
한 반복이 인간을 자율이라는 번뇌에서 해방해 자유롭
게 만들어준다면, 그 안에 든 나라는 알맹이는 무엇으
로 형체를 가질 수 있을까. 밀란 쿤데라는 <참을 수 없
는 존재의 가벼움>에서 인간의 시간은 원형으로 돌지
않고 직선으로 나아가지만, 행복의 반복은 욕구이기에
인간이 행복하기 힘들다고 말한다.

반복할 수 없는 삶 속에서 그 자리에 오래 머무르
기를 바라고 그 시간을 지키려는 노력이 우리를 견디게

하는 건 아닐까. <아침에는 죽음을 생각하는 것이 좋다>의 저자 김영민은 죽음을 생각하는 일은 삶을 살아가는 우리를 침착하게 만들어 준다고 말한다. 고개를 몇 번 끄덕인다. 죽음을 생각하자고 말하는 책들을 좋아해왔나. 그늘은 삶도, 죽음도 깎아내리지 않으면서 삶과 죽음에 경계가 없다는 사실을 자주 일깨운다. 잊고 싶지 않다. 언젠가 죽음에 닿을 거란 사실이 오늘의 나를 조금 더 현실적인 사람으로, 더 뜨거운 낭만으로 살아가게 해준다는 것을.

죽음을 전제로 한 하루는 진부하지 않다. 죽음은 근심과 걱정 대신, 해야 할 것, 하고 싶은 것, 하지 않아도 되는 것을 구분한다. 정성을 쏟아야 하는 대상이 명확해지는 덕분에 나는 다시 생기 있는 날을 꿈꾸고 그 안에서는 사랑과 연민이 샘솟는다. 헤아릴 수 없는 것들 너머엔 결국 아무것도 없으므로, 지금이 아닌 것을 꿈꾸는 근거 없는 욕심도 금세 사그라들게 하는 것이 죽음이다. 나는 다만 영원히 살 수 없는 덕에 조금 더 사려 깊은 사람이 된다. 가끔은 잃어버릴 것만 같은 마음이 당신을 소중하게 만들어주는 것처럼. 지키려는 헛된 노력이 나를 살아가게 한다.

더 나은 과거에서 사는 오늘 ──────────

　　지난 일을 옮겨 적다 보면 기억력이 좋다는 말을
듣곤 한다. 과거를 자주 생각한다. 아직도 생생한 것들
투성이다. 과거는 나의 주된 공상이다. 때때로 돌아가
고 싶어지고, 한동안 이유 없이 떠올리고 앓는다. 하지
만 무엇을 선택해야 하는지 안다. '부디 만나지 않고도
살 수 있게' 시간을 돌릴 수 없길 바라야 한다. 돌아갈
수 없다는 사실과 되돌리는 순간 나는 얼마나 더 많은,
더 먼 과거의 나를 괴롭힐 것인지 깨달아야 한다. '만약
에'라는 상상이 주는 자책은 얼마나 강한지.

　　과거에서 오는 죄책감, 후회는 나를 앞으로 나아
가게 한다. 과거를 되돌리고 싶은 마음은 미래의 내가

조금 더 나은 사람이어야 한다는 다짐이다. 과거의 나와 당신이 실망하지 않을 만큼 내가 좋은 사람이 되는 수밖에 없다. 어제와 오늘의 미련으로 점철된 미래에서 살아가도 괜찮은 이유다.

시간의 밀도 ──────────────

　　이십 대의 소회를 묻는 친구의 질문에 곤란하다. 나는 아직 어제에서 벗어나지도 못했다. 여전히 지난 일들에 매달려 있고, 그 시간을 돌아볼 만큼 멀리 오지 못했다. 이십 대 초중반의 일들은 가까운 과거의 무게에 짓눌려 보이지도 않는다. 스무 살이 되었을 땐 십대에 시원하게 안녕 손 흔들 수 있었는데, 서른이 되고 싶지 않은 마음은 과거의 안녕과도 관계가 있을 것이다. 삶은 늘 삶이었는데, 원근법은 과거를 돌아보는 데에도 마찬가지인지 지금의 나와 가까운 시간이 더 크게 보이는 걸 교정할 방법이 없다.

　　시간은 떠나지 않고 그 자리에 머물다가 다른 사

건에 밀려나는 것뿐인지도 모른다. 어떤 일에서 벗어나기 위해서, 그만한 밀도의 사건을 기다리거나, 혹은 내일이 찾아오지 않기를 바라거나.

시간의 밀도가 일정한 삶을 가지고 싶다. 아마 오늘에 사는 사람에게 약속된 삶일 것이나. 미운 오늘을 얼른 밀어내지 않아도 되는, 아쉬운 오늘을 계속 붙잡지 않아도 되는. 주어진 그만큼 만족하고, 그만큼 영위하고 충실히 살아낸 만큼 기대하는 삶.

계절을 생각하는 시간

 흔들리는 나뭇잎에 바람을 보듯, 창밖에 나무를 한 그루 심으면 계절이 된다. 온도와 햇빛을 따라 자라는 식물을 기르면 일상이 계절이 되고, 귀를 열고 고개를 들면 매일 걷는 길이 계절이 된다. 우리 조금 더 붙어 걸으면 겨울이고, 머그잔에 손을 동그랗게 모으면 겨울이고, 그렇게 몇 번쯤, 수십 번을 더 겨울이라고 되뇌다 그 감각이 완연해지면 나뭇잎은 어느새 옷을 다 갈아입는다.

 새가 떼 지어 움직인다. 우리가 이름 붙인 시기에 맞추어 변하는 나무도, 찾아오는 새도 없다. 달력 한 장 넘긴다고 공기의 냄새와 밀도가 바뀌지 않듯, 마음이 계절을 옮겨가는 데에도 수많은 상상과 움트는 힘이 필요하다. 가을엔 겨울을 자주 생각한다. 계절 따라 자연스럽게 자라는 나를 상상한다.

질식하는 대신 퐁당

가끔은 무수한 가능성에 질식할 것 같다. 세상에 기회가 너무 많아서 나는 늘 놓치는 게 대부분이고, 겨우 몇 개 선택지를 움켜쥔 내 손이 초라해 보일 때가 있다. 세일 행사하는 물건들을 볼 때도 비슷한 기분이다. 사려던 게 아닌데도 지금 안 사면 손해 보는 기분에 한참을 사로잡힌다. 스마트폰과 스마트티비를 하루 종일 들여다봐도 세상에 오늘 하루 일어난 일들을 가늠조차 할 수 없다. 내가 영영 보지 못할 것들이 쌓이기만 한다. 그 안에서 내가 되고 싶었던 것과, 될 수 있었던 것, 나에게 주어지지 않을 것, 내가 선택하고 싶지 않은 것들이 뒤엉켜 삶을 복잡하게 만든다.

마냥 지켜보기보다는 할 수 있는 것을 할 수 있었던 것으로 만들지 않는 연습을 한다. 고민이 꼬리를 길게 늘릴 땐 기회비용만 따지고 있는 건 아닌지 돌아본다. 더 나은 선택이 있을 지도 모른다는 두려움에 온 마음을 빼앗긴 내가 있다. 부정적인 생각을 오래 붙늘고 있으면 늪 위로 발걸음을 디딘 것처럼 점점 아래로 빠져든다. 이미 흘려보낸 시간이 아까워 결국 최선보다는 보상을 선택하는 어정쩡한 마음이 된다.

　　아름다운 것은 오래 눈에 담아두고, 자주 곱씹고, 기록해 들여다보는 것이 좋다. 나를 불안에 빠뜨리는 것은 곧게 정돈하고 얼른 치우는 것이 좋다. 무수한 가능성을 세어보느라 질식하는 대신 좋아하는 수영복을 입고 퐁당 빠져들고 싶다. 손가락을 접어 저울질할 시간에 몸을 구르고 부딪히며 물 흐르듯 살고 싶다.

해야 할 일과 하고 싶은 일 ────────

　　내일 해야 할 일 목록을 적는다. 인스타그램에서 냉면을 보고는 내일 점심에 냉면을 먹어야겠다고 생각한다. 자기 전에 해야 할 일 몇 가지를 포스트잇에 적다가 아까 생각한 냉면이 떠올라서 추가한다. 냉면 먹기라는 할 일 같지 않은 할 일을 더하고 보니 삶이 원래 그래야 하는 것보다 조금 더 팍팍한 이유가 보인다. 서른의 나는 해야 할 일 목록에 하고 싶지 않은 것들만 적는 사람이 되어있다. 잊지 않고 보내야 하는 업무 메일과 연락이 가장 중요하고, 가능하면 꾸준히 해야 하는 일들, 그다음은 아직 여유가 있는 업무 순이다. 다 해냈다고 기분이 좋아지는 목록은 아니다. 그저 그날의 나를 채찍질하지 않아도 되는 효과가 있을 뿐.

　　가수 타블로는 한 방송에서 내일을 기대하게 해주는 것이라면, 그것이 아무리 사소하고 쓸데없다고 느껴져도 절대 시간 낭비가 아니라는 걸 알려주고 싶다 말한다. 역시 냉면을 먹고 생각해 볼 일이다. 이제서야 해야 하는 일의 목록에 하고 싶은 일과 좋아하는 일을 함께 적는다. 삶을 기대하게 하는 것들을 잘 보이게 적는다.

여기에 없는 것을 보지 않고 ─────────

　안 좋은 일은 끝없이 생겨나서 삶을 전복시키려
든다. 몸은 자꾸 낡고 상처는 사라지지 않고 사람은 사
라지고 사랑은 진부하고 지구는 아프고 디스토피아는
상상통처럼 가깝다. 우리는 배신하고 배신 당하고 온
갖 사기와 술수 속에서 하고 싶지 않은 일에 인생의 절
반을 바치고 웃음은 줄어들고 새로운 것과 꿈과 희망
대신 추억이라는 핑계를 대는 날이 늘어난다. 주저앉
을 이유는 언제나 다시 일어날 이유보다 많은 모양이지
만 나에겐 기쁨과 전율을 느낄 수 있는 몸과 마음이 있
어서 그렇게 울고도 잘 살고 싶다는 꼬임에 넘어가고 만
다. 오 월은 참 좋은 달이었다. 사기도 당하고 팔도 다

쳤다. 별별 안 좋은 일들도 여전하지만 그런 것들을 마주해도 지치지 않는다. 그들이 내게 미칠 수 있는 영향이 사소한 시절이다. 푸른 숲이 늘 좋은 향을 풍기고 더위를 시원하게 날리고 추위를 단단하게 동여맨다. 바람은 들다 말며 머리칼을 흔들고, 햇살은 고운 패턴으로 잔잔히 반짝거린다. 사기를 당해도 그렇게 되었구나 하고 말아지는 마음이다. 왜 이렇게 된 걸까 고민하는 데에 시간을 쓰지 않는다. 나를 위한 것이 아니기 때문이다. 아무것도 나를 무너뜨릴 수 없다. 벌어진 일은 벌어진 대로 과거에 있고 나는 여기에 있기 때문에.

재미 없는 영화를 보는 삶 ────────

기대하는 영화를 보는 일은 생각만큼 쉽지 않다. '보고 싶어요', '하트'를 눌러둔 영화 개수는 늘어나기만 하고 잘 줄어들지 않는다. 봤던 영화 다시 보기 횟수 카운트와 별 세 개를 줄까 말까 한 영화에 쏟는 시간이 늘어난다. 그게 내 삶이다.

좋은 영화, 좋아 보이는 영화, 보고 싶었던 영화를 대하는 자세는 사뭇 진지하다. 한 장면 한 장면 허투루 보고 싶지 않고, 대사 하나하나 제대로 씹어 보고 싶다. 그럼 나는 왜 자꾸 '보고 싶어요' 목록은 그림의 떡처럼 두고만 보고, 늘 사이트 메인에 뜬 자극적이기만 한 영화 제목을 훑어보고 봤던 영화 중에 무엇이 또다시 볼 만한가 가늠하는 시간을 보내는 걸까.

　　마음에 들지 않는 날들을 보낸다. 작은 패배감과 부족한 성취감에, 하루를 마감해야 할 시간이지만 자꾸만 삶을 놓치는 기분이 들 때, 뭐라도 더 해야만 할 것 같은 생각에 사로잡힌다. 좋아하는 것을 하며 쉬고 싶은데, 영화를 보고 싶은데, 아직 해결하지 못한 일들에 눈치를 본다. 그래서 타임킬링용, 대사 몇 줄 놓쳐도 상관없는, 나에게 큰 영향을 미치지 않을 법한 걸 찾는다. 일도 영화도, 삶의 어느 부분도 제대로 쳐다보는 것 없이 양쪽으로 가자미눈을 뜨고 결국 거리 가늠에 실패해 오늘도 손에 쥔 모든 것을 놓친다.

　　재미없는 영화를 보는 날들이 이어진다. 하지 못한 일, 하기 싫은 일에 집중하는 날들이다. 그랬다. 그랬다는 걸 인정하고 나면 둘 다 잡으려다 놓치는 미련한 짓은 안 하느니만 못하니까 내일은 '보고 싶어요'에 담아둔 영화를 볼 거다. 한 번에 하나만 하고, 그게 뭐든 끝내고 다음으로 넘어가야지. 한 발자국도 나아가지 못할 거라면, 양손에 쥐고 있는 것만으로는 한 발자국도 나아가지 못할 거라면.

실천보다 쉬운 것 ─────

빗소리에 잠에서 깬다. 일반 가정집에 비해 층고가 10cm 정도 낮고, 사다리를 타고 올라가면 천장이 비스듬한 다락을 가진 목조주택. 다락을 비워둔 탓인지 목조주택의 외장 마감재 탓인지 비가 오면 소리가 울려 크고 가깝게 들린다. 새벽 네 시, 쏟아지는 소나기의 기세가 사나워 잠에서 깬다. '비 오는구나' 다시 눈을 감고 잠을 청해도 빗소리만 선명해질 뿐 온몸의 감각이 다시 멀어지긴커녕 이제 방의 형상은 사라지고 비가 내 안으로 옮겨와 검은 방 안에 후두둑, 내 마음 깊은 구석까지 떨어져 닿는다. 시간을 확인한다. 너무 못 잤다 싶다가도 어제 정오가 넘어서야 침대에서 일어났다는 사실이 떠올라 이 정도는 보상해야지 싶은 마음에 잠들기를 관둔다.

더 잠들지 않기로 결심하고도 침대에서 뒤척이다 빗소리가 잠시 잦아들어 몸을 일으킨다.

'스쿠터 옮겨둬야겠다.'

스쿠터를 타기 시작한 후로 일기 예보 챙기는 일에 익숙해졌다. 나야 비는 맞으면 그만이라 구태여 우산을 챙기는 사람이 아니지만 스쿠터는 젖을 때마다 보이지 않는 곳이 상하는 것 같아 속이 쓰리다. 식물을 기르기 시작했을 때도 그랬다. 그때 살던 곳은 천장이 높고 창이 커, 탁 트인 풍경은 있었어도 북향이라 해가 잘 들지 않았다. 이른 아침 비스듬히 들어오는 햇빛을 쐬기 위해 아침이면 화분을 창가로 옮겼다. 나는 집에 해가 잘 들지 않아도 문을 열고 나가 빛을 쫓을 수 있지만 발 없는 식물은 그러지 못하니까 곁에 식물을 두고는 해가 들고 바람 부는 일에 예민해졌다. 스쿠터를 타고는 자외선과 비바람, 습도를 예보로 미리 확인하는 사람이 됐다. 이 정성스러움이 자연스럽다.

'좋아할 수 있는' 사람이 언제나 더 많이 움직이고 상상하기 마련이다. 나를 향해서 움직이기는 미룰 수 있는데, 좋아하는 대상을 향해 움직이는 것은 미루고 싶지 않으니까. 삶의 바깥을 안으로 받아들일 용기를 내고, 바깥을 알기 위해 신경 쓰지 않던 세계의 일부분을 배우고 행하는 번거로움을 껴안는 사람이 되고 싶다.

더 좋아하는 사람이 되고 싶다. 미움과 상처는 나에게 많은 걸 가르쳤다. 곪은 자리, 오랜 흉터는 과거를 마주하게 만들고 나라는 사람의 미로를 통과해 언제든 다시 나에게로 돌아올 수 있도록 한다. 좋아하는 마음이 알려주는 것은 사뭇 다르다. 나로부터 시작하지 않는 세상을 발견한다. 좋아하는 대상과 관계한 세계로 편입할 수 있다는 가능성, 내 안에 갇히지 않도록 해주는 수많은 발견, 새로운 길을 상상하는 힘. 더 먼 곳까지, 더 깊숙한 곳까지 갈 수 있는 다리를 놓는다.

그럼에도 불구하고,
그래도 살아갈 것

　　꿈보다 해몽이라고, 영화에서 감독의 의도를 깊게 생각하지 않는다. 이미 내게 온 이야기 속에서 무엇을 길어 올릴지는 나의 몫이라고 믿으면서. 원작자의 의도조차 침범할 수 없는 나의 영역이 있다. 길을 걸으며 무엇에 눈길을 두는지, 어떤 장면을 좋아하는지, 모두에게 주어진 24시간의 하루를 살고도 나는 오늘 무슨 생각을 했는지. 그게 우리의 삶이자 각자의 고유한 영역이다. 당신의 눈으로 보고 싶어도, 나는 그럴 수 없는 거니까.

　　드라마 <슬기로운 의사생활>에서 한 전공의는 한 명의 환자에 대한 두 교수의 극단적으로 다른 해석과 조치를 듣는다. 너무 이른 조산의 위기로 병원에 찾아온 임산부. 전공의는 환자를 두고 너무도 긍정적인, 너무 부정적인 차트를 하나씩 작성하고 고민에 빠진다. 그것은 자신의 능력에 대한 의심이자 삶에 어떤 태도를 취할 것인가 하는 고민이기도 하다.

또 한 명의 전공의가 있다. 병원에서 오랫동안 앓다 짧은 생을 마감한 아이의 엄마가 자꾸만 병원에 찾아온다. 한 간호사는 혹시 그녀가 의료 소송을 준비하느라 정보를 얻으러 오는 것 아니냐는 의심을 제기한다. 전공의가 교수에게 상담을 요청하자 교수는, 아이를 가장 잘 기억하는 사람들과 이야기 나누고 싶은 것일 거라고 말해준다.

같은 상황을 어떻게 바라볼 것인지, 어떤 태도를 취할 것인지는 내 몫이다. 그만둘지, 끝까지 최선을 다해볼지. 확률만으로 장담할 수 없는 것들에 나의 가치관을 어떤 방향으로 둘 것인지. 무작위적인 사고 앞에 답은 없다. 어떻게 해석하는 사람으로 살고 싶은지를 정해야 할 뿐이다.

그가 모래구덩이를 깊이 파고 새를 거기에 묻었다.

"무슨 소용이야. 바닷물이 또 쓸어가버릴걸."

"그래도!"

그래도! 라고 했던 그의 말이 떠오르니 입가에 미소가 지어진다. 그는 한때 내게 언제나 그래도! 라는 말을 연상케 하는 손재였나. 어떤 상황에서도 그래도 그게 낫잖아! 라고 말했던 그런.

　　- 신경숙, <어디선가 나를 찾는 전화벨이 울리고>

그러니까 나는, '그럼에도 불구하고', '그래도' 살아가는 사람이려고 한다.

스마트 디스토피아

다채로운 냄새와 여러 모양, 감촉, 각기 다른 방식으로 작동하던 물건들이 더 이상 아무런 차이도 갖지 못하고 하나의 도구를 통해 이해되어 버리는 일, 그런 삶.

친구에게 줄 선물을 고르다 문득 너무 많은 것이 휴대폰 속에 들어갔다는 걸 깨닫는다. 전화기, 뮤직 플레이어, 컴퓨터, 각종 전자기기부터 시작해 패션과 같은 개인의 아이덴티티를 나타내는 요소들. 사람의 목소리도 얼굴도 감촉도. 심지어는 방에 걸어두고 보는 모빌이나 장식품 같이 눈을 즐겁게 하는 공감각의 물건이나 스케일을 다루는 도구까지 휴대폰이 대체한다.

영화 속 미래, 디스토피아가 이곳이 아닐까. 환경 파괴만이 삶을 무너뜨리는 건 아니다. 오감과 정서를 만족시키는 대상들을 실제로 소유하기란 자본주의의 소비사회에서 당연한 일이지만, 어쩌면 우리는 그저 만족 당하고 있는 건 아닐까 싶어신나. 스마트폰이 세공하는 편의와 쾌락, 멋진 라이프 스타일 모양을 흉내 내는 허술하고 값싼 대용품으로 만들어진 삶은 내일이라도 무너질 연극 무대 같은 공허를 풍긴다.

혼자만의 공간에서도 휴대폰과 함께, 사람을 마주하고도 휴대폰을 보고 싶다고 느낀다. 우리가 작은 모니터와 커다란 텔레비전 화면을 갖고 싶어 하는 이유는 충분한 풍경과 공간의 경험이 부재한 탓이다. 좁은 방과 작은 창, 타인으로부터의 단절과, 도시가 주는 감각의 결여로부터 벗어나기 위해 우리는 주저없이 화면 속 공간으로 들어가 주저앉는다. 그 안에서는 눈으로 냄새와 감촉을 유사 경험할 뿐, 세상의 질감과 깊이가 없다. 모조품과 대용품이 가득한 공간에서 부유하기엔 내 몸이 분명 땀 흘리고 바람을 느끼는 감각의 세계에 있는데도 불구하고.

나무가 자라는 사이 ——————

우리 가족은 나의 일곱 살이 끝나갈 무렵의 겨울에 지금의 동네로 이사했다. 집을 몇 번 옮겼지만 23년째 그 안에서 살아가고 있다. 초등학교와 중학교, 고등학교를 도보로 걸어서 다녔다. 대학은 서울로 갔지만 4년 넘도록 집에서 통학했고, 취업을 하고도 서른이 될 때까지 동네를 벗어나지 않았다. 서현역의 백화점이 삼성에서 애경으로 넘어가고, 판교가 생기고 커지는 과정 속에서도 나의 동네는 큰 변화 없이 늘 그대로였다. 시범단지라는 이름으로 도시의 시작과 함께 세워진 아파트 단지들과 열을 맞춰 지은 상가들이 안전하게 낡아가며 여전히 그 자리를 지킨다. 만화책 대여점이나 분식집

같은 공간이 지워지고 학교들도 리모델링을 반복했지만 추억은 큰 풍파 없이 지난 시절을 그 위에 그린다.

이 동네에서 내가 가장 좋아하는 변화는 나와 함께 자란 나무다. 누가 인위적으로 바꾼 것이 아니라 그저 자연스럽게 시간의 녹을 벅은 나처럼, 나무도 도시와 함께 나이 먹었다. 그 자란 키가 반가워 한곳에서 오래 사는 일의 기쁨을 생각한다. 나무의 뼈대는 두꺼워지고, 가지는 멀리 뻗고, 그만큼 나뭇잎은 풍성하다. 풍성하게 자란 잎들은 길 건너편 나무와 손을 맞대고 더 큰 그늘을 내린다. 오래된 동네가 그 가치를 인정받고 사랑받기 위해서는 그 동네와 함께 자란 것들이 있어야 한다. 그들은 보통 그곳에서 자란 추억을 간직한 아이들과 함께 무르익은 자연이다. 집으로 올라가는 길목으로 난 도로는 학교 앞이라 그 폭이 좁다. 그 덕에 마주한 가로수의 가지와 잎들이 서로 엉길 만큼 깊게 맞닿는다. 겨울이면 가지 위에 소복하니 눈이 덮여 하얀 아치 같기도 동굴 같기도 하다. 폭설이 내려야만 볼 수 있는 귀한 장면은 한 번의 폭설만으로 내 머릿속에 각인됐다. 나무가 건강하게 자라는 곳에 건강한 아이들이 산다. 나는 그렇게 자랐다.

어느 계절이 돌아오면 ————————

어느 여름, 강원도 평창으로 가는 도로 위에 겹겹이 쌓인 산과 그 사이를 너르게 감싼 안개 속으로 달려 들어갔다. 그때 나는 공연히 김훈의 공무도하를 떠올렸다. 이 흐릿한 속을 헤매면 보이지 않는 과거와 미래의 시간이 엉켜 나타났다. 현재는 사라지고 말았다. 아무것도 아닌 곳에서 자연이 선사하는 아름다움을 헤매는 것이 낭만 같았다.

여름 장마는 잊지 않고 찾아오는데 올여름 장마는 무척 짧고 비는 구경하기 어려웠다. 아침에 눈을 뜨면 늘 왔다 갔다는 소식만 남기고 조금 시원해진 것만이 장마가 해낸 것일 따름이었다. 장마는 어쩌면 매년 그 모습이 바뀌어서 하나의 이름에 묶어둘 수는 없는지도 모르지만, 내가 장마라는 말을 할 때마다 떠올리는 것은 산의 틈새마다 가득 끼인 안개, 강원도 봉평의 능선과 김훈의 공무도하였다.

그 안에서는 강이 넘치고 둑이 터지고 삶은 안개처럼 희미하고 축축하다. 사람들은 땀과 바다 짠내에 젖어 있다. 아이가 태어나고 죽는 해망의 붉은 노을만이 그 안에서 발견할 수 있는 유일한 생명의 빛이었다. 공무도하 속에서 풍기는 물 비린내는 나에게 안개 속을 헤매면서도 노을을 볼 때처럼 삶을 무심결에 긍정하고 그럼에도 불구하고 살아가는 것으로 만들었다.

여름이 돌아오면 공무도하를 읽어야겠다고 마음먹는다. 그럼에도 불구하고 살아가기 위해서. 여름이 돌아오면 강원도 봉평을 떠올린다. 강원도에서 공무도하를 읽는 시간을 상상한다. 매번 돌아오는 계절에 그 이름과 어울리는 기억을 가진, 그 이름과 어울리는 일을 하는 사람이 되기 위해서. 사는 것의 지루함에 지지 않기 위해서.

여름의 뉘앙스 ————————

강릉 방면으로 차를 달리는 이유는 한 가지뿐이었다. 우리는 기억 속의 청량한 여름을 찾으러 가고 있었다. 서울을 덮친 재앙 같은 더위는 자꾸만 여름을 그리워하게 만들었다. 여-름 하고 발음하면 찾아오는 적당한 온기와 바람, 초록의 향기와 빗소리 같은 것이 서울엔 더 이상 없는 것 같았다. 서울의 것이 여...름, 하고 겨우 입 밖으로 꺼낼 수 있는 지친 이름이라면, 대관령을 넘어 도착하는 강릉에 있는 것은 분명 여-름, 하고 똑똑하고 맑은 목소리로 발음할 수 있는 이름일 것이었다. 고도가 높아질수록 산과 숲의 수분이 몸에 달라붙었지만 높고 멀리 부는 바람은 은근한 더위의 내음을 날리고 땀을 식혔다. 바람이 땀을 식힐 것. 우리가 기억하는 여름의 첫 조건이었다.

　인간이 만든 재해인 코로나가 덮친 시국에 어울리지 않게 대기가 유난히 안정적인 여름이다. 고기압 둘이 서로 맞잡아 안정적인 대기를 형성하고 매일 지겹도록 맑다. 카메라를 꺼내들만큼 예쁜 하늘은 흔하고 비 소식은 가물다. 기억 속 여름의 두 번째 조건은 변덕스러운 날씨이건만, 찌는 더위 말고는 여름의 기미를 못 느끼는 날들이다. 어색하게 붙어 앉은 우리가 함께하는 시간에 '여름이었다'고 몇 번쯤 되뇌일 뿐이었다.

손을 잡으면

휘청이는 사람들 사이의 간격을 안정적으로 붙잡을 방법은 손을 잡는 것뿐이다. 그와 밤길을 걸으며 생각한다. 손등이 닿도록 가까워졌다가 한참을 멀리 떨어져 걷는 거리의 반복은 서로를 지탱할 고리를 갖지 못했기 때문일 것이다. 우리를 고리로 걸어두면 그것은 좋은가. 서로의 보폭을 맞추어 걷는 일의 안정과 편안을 생각하다가 서로를 옭아매는 일의 곤란함을 떠올리고 갈피를 잃는다.

마음이 잇는 길

만날 때마다 헤어질 때쯤에 조금만 더 걸을까요, 하고는 온 길보다도 더 멀리 가곤 했다. 길에는 끝은 잘 없고, 마음에만 끝이 있을 뿐이라 마음은 늘 길을 찾고, 더 걷자고 말한다. 가는 길에 이유와 이름을 붙이기는 쉬웠다. 서울에 어렴풋한 기억이나 이름 하나조차 없는 곳은 없어서 버스 정류장, 지하철역이 가까운 곳마다 여긴 어떤 곳이에요, 들어봤어요, 기억난다 같은 끝말잇기가 우리를 끝도 없는 곳으로 자꾸만 데려간다.

이 길의 끝은 어디일까. 마음의 끝은 어디일까. 걸음이 멈추는 곳에 만남이 점을 찍고 이어지지 않으리라는 생각을 하면서.

섬과 선 ————————————

더 이상 섬이 아니게 된 섬을 넘어 다니며, 선이 아니길 바랐던 것들을 결국 넘어서지 못했던 순간을 떠올린다. 경계를 따라 걸었던 날들의 충동은 종종 발을 동동거리게 하지만, 호기심은 늘 선을 넘고 일렁이는 마음은 자꾸만 새로운 선을 긋는다는걸, 처음 알고 처음 듣고 처음 만지는 것들이 일러주는 가을의 초입.

강화도라는 이름은 익숙한데 가 본 적이 없어서 잠들기 전 지도 위의 기호들을 눌러본다. 지명과 사진을 보고 열 개 남짓 표시를 남긴다. 차를 타는 동안 지나치는 모든 것이 기분과 생각을 자극한다. 제각기 이름과 이야기가 다른 한강 다리로부터 과거를, 주변의 여러 자동차로부터 미래를, 흘러나오는 노래의 가사 몇 줄에서 시작하는 취향, 꼬리를 물고 이어지는 동행과의 대화. 차 안에서는 두 시간도 짧다.

강화도는 섬이지만 배를 타지 않아도 갈 수 있다. 섬을 잇는 다리가 생기면 섬은 섬을 구성하는 이유나 의미를 하나 잃는 것은 아닐까 생각한다. 강화고려궁지에 가면 병인양요로 소실되기 이전의 외규장각을 복원해두었고, 언덕으로 내려오면 다시 오를 언덕에 기와로 지은 가톨릭 성공회의 첫 한국 성당이 있다. 궁이 있던 자리와 외규장각 앞뜰을 걸으며 물었다. 삐뚤게 생각하면, 이런 한국적인 풍경이 우리에게 낯선 것이 아니고 꼭 여기까지 와서 봐야 하느냐 따지면 그렇지는 않은 것 같은데, 우리는 여기에서 무엇을 얻고 싶은 걸까. 왜 굳이 발걸음을 비슷비슷한 곳으로 옮겨 다니는 걸까.

답은 이렇다. 이곳으로 오기로 마음먹었기 때문에 생각하고 나누게 되는 것들을 위해서다. 외규장각을 보고 우리는 과거만 이야기하지는 않을 것이다. 풍경을 보고 풍경이 보여주는 것만을 이야기하지 않는다. 꼬리에 꼬리를 무는 생각과 문장을 키우기 위해, 커다랗게 펼쳐진 이야기를 삶의 깊이로 치환할 수 있다고 믿기 때문에 어디로든 발걸음을 옮긴다. 다른 곳에서는 별것 아니었던 이야기가 이곳에서는 중요해진다.

다리를 건너 들어온 섬에서 다시 다리를 내어 이은 섬 교동도로 들어가려 했는데 시간이 충분하지 않아 남쪽의 전등사로 향했다. 전등사는 실제로 우리가 확인할 수 있는 한국에서 가장 오래된 사찰이다. 그게 어째서 강화도여야 했는가 몇 번쯤 의문을 지어봤지만 알 수 없었다. 삼국유사에 등장한, 374년 지어졌을 것으로 추정하는 이불란사가 소재지 불명이기 때문에 381년 지어진 전등사가 실존하는 첫 사찰인 셈이다. 전등사와 이불란사 모두 소수림왕 때 지어졌다니, 그 분위기나 성격이 비슷하지 않을까 생각하고 만다. 전등사는 정족산의 강화삼랑성 안에 자리 잡아서, 성문을 통과해 올라가면 소나무와 보호수로 지정한 고목들과 대웅전을 볼 수 있다. 사찰 부지는 넓지만 건물들은 크지도 화려하지도 않다. 몸집을 키우지 않은 절은 소박하고 정겹다. 사교성 좋은 스님이 돌아다니며 사람들에게 말을 건다. 고양이의 이름을 알려주고 종을 친 뒤에 구경꾼들에게 한 번씩 쳐보라 권한다. 해가 질 때까지 마음을 뉘었다 일어난다.

강화도에서 나오는 길에는 교통 표지판의 지명들을 하나하나 읽으며 수다를 떤다. 강화에서 나오자마자 익숙한 이름에 빠르게 여행이 끝나는 기분이다. 멀리 다녀올 때엔 여행지를 벗어나면 서울에 도착하기 전까지 어둡고 긴, 알지 못하는 도시들은 한참 건너 거리 감각을 잃곤 했는데. 강화도에서 서울로 돌아오는 길에는 까무룩 잠들지 못하고 서울에 몇 남지 않은 건널목에서 기차를 먼저 보낸다.

　　섬을 들고 나는 일의 간단함과 넘어 다닐 수 없었던 내 앞의 선을 생각한다. 다만 그 선을 넘을 수 없어 들었던 충동은 나를 다른 방향으로 튼다. 새로운 호기심과 일렁이는 마음으로 스스로 선을 만들어 밟고 나아가게 한다. 섬으로 들어가는 선을 긋는 일은 쉽지 않겠지만 또 어디로든 길을 내어 즐겁게 걸을 수는 있을 것이다.

사랑하던 날들 ——————————

Gather ye rosebuds while ye may, Old
time is still a-flying; And this same flower
that smiles today Tomorrow will be dying.
- Robert Herrick

늘어지게 늦잠, 크로스핏 마치고 창경궁 산책, 춘
당지에서 몸이 서늘해질 때까지 책 읽고 귀가, 공부하다
가 허기져서 궁금했던 식당에 가서 저녁, 식사를 기다리
는 동안 책의 좋아하는 페이지를 반복해서 읽는다. 맥
주 한 캔에 친구 결혼 축사 마무리, 값진 평온함이 주어
지는 밤.

사진첩에 남은 것들을 넘겨보다 2019년 9월, 10월에 듣던 노래를 다시 플레이리스트에 올린다. 그때는 무슨 일이 있었나, 또 그다음 해에는? 항상 예상하지 못했고 허우적거렸지만 덕분에 과거는 늘 선명하다. 사랑하던 어떤 날로부터, 어떤 대상으로부터 멀어진 오늘의 내가 여기 있다. 사랑했던 자리에 미움이 남기도, 후회나 슬픔이 그 자리를 좀먹기도 한다.

나의 불안정한 감정을 들여다보며 망설이는 대신, 다른 부분을 생각해 본다. 더 이상 거기 있지 않아서 사랑하게 된 것들. 단조로운 삶과 그렇지 않은 삶. 다양한 것을 보고 듣고 생각할 수 있는 삶과 그렇지 않은 삶. 지금 사는 동네를 스스로 선택하고, 삶을 감수하고 스쿠터 위의 풍경을 누리는 날들. 회사 밖에서는 더 이상 같은 것이 반복하는 일상을 살지 않아도 괜찮아서 매일 세상이 반짝거린다. 언제나 시선을 돌린 곳에 새로운 표지가 있다. 지금 내가 거둘 수 있는 장미 봉오리를 마음껏 담고 사랑할 것. 내일이면 시들고 말 것을 사랑할 것.

하지만 역시, 사랑하던 날들과 사랑하던 나를 미워하지 않기를 가장 바라는 마음으로.

그 여름에 한 일 ─────────────

여름에는 사랑을 하고
가을에는 여름을 그리워하고
겨울에는 봄을 기다리는 마음으로
서로를 끌어안고
봄에는 움트는 것을 오래 바라본다

늘 지나치게 사랑한 것들은 쉽게 미움받다가 결국
또 쉽게 그리움이 된다 지나친 사람으로 산다는 것이 나
를 늘 그리워하는 사람으로 만들었는지도 모른다 나는
그 그리움을 위해 오늘을 사랑하려 마음 먹는다

해야 하는 일의 목록에
하고 싶은 일과 좋아하는 일을 함께 적는다.
삶을 기대하게 하는 것들을
잘 보이게 적는다.

오늘보다 더 사랑할 수 없는,

자신을 더 잘 아는 사람이 되기까지

송재은

자신이 느끼는 행복과 불행을 잘 아는 사람이 되고 싶다. 그리하여 무너지지 않는 사람이기를 바란다. 타인의 행복과 불행에 깊이 공감할 수 있다면 좋겠다. 삶에 가진 두려움이 삶을 사랑하고 싶은 마음의 크기와 비슷하다고 생각한다.

1992년 서울에서 태어났다. 에세이 <일일 다정함 권장량>, <사랑과 두려움에 대하여>, <망각과 영원에 대하여> 등, 소설 <송이송이 따다 드리리(공저)>, <파랑을 가로질러(공저)> 등을 썼다. 2020년부터 글쓰기 모임을 운영하며, 자신의 글 또한 쓰고 있다.

slow2nough@gmail.com

오늘보다 더
사랑할 수 없는

글 **송재은**

초판 1쇄 펴냄 **2021년 11월 26일**
초판 2쇄 펴냄 **2023년 7월 17일**
개정판 1쇄 펴냄 **2025년 11월 11일**

편집과 디자인 **송재은**

펴낸곳 **임시보관소**
이메일 **project_imsi@naver.com**
인스타그램 **@imsi_bogwanso**
출판 등록 **2024년 1월 22일 제25100-2024-010호**

ISBN **979-11-986424-4-8(03810)**